Volker Jochim

Nied Blues

Ein Frankfurt Krimi

(überarbeitete Neuauflage)

© 2015 Volker Jochim

Umschlag, Illustration: trediton, Volker Jochim (Foto)

Verlag: tredition GmbH, Hamburg

Die erste Auflage erschien 2012 im Projekte-Verlag Cornelius

ISBN

Paperback	978-3-7323-5872-4
Hardcover	978-3-7323-5873-1
e-Book	978-3-7323-5874-8

Printed in Germany

1

April 1944

SA Truppführer Alfons Müller betrachtete seine adrett sitzende Uniform im übergroßen Standspiegel seines Schlafzimmers, schnickte ein unsichtbares Stäubchen von seinem Revers und zog sich das Koppel zurecht.

„Meinst du nicht, dass ich etwas zugenommen habe, Berta?"

„Nein Alfons, die Uniform sitzt perfekt", rief seine Frau aus der Küche, wo sie gerade mühsam mit einem großen, hölzernen Kochlöffel die weißen Bettlaken im Waschkessel umrührte.

„Das kannst du doch von der Küche aus überhaupt nicht beurteilen."

„Alfons, ich sehe dich jeden Tag in dieser Uniform. Da hat sich von heute Morgen bis jetzt nichts geändert."

Ihre Stimme klang genervt. Sie hatte es satt, ihren Mann wie einen braun lackierten Gockel mit blank gewienerten schwarzen Stiefeln durch die Straßen von Nied stolzieren zu sehen.

„Führer und Vaterland erwarten ein korrektes Auftreten ihrer Elite, zu der ich die Ehre habe, mich zählen zu dürfen."

Führer hier, Vaterland da. Sie konnte es nicht mehr hören. Seit ihr Mann vor ein paar Jahren in diese Uniform geschlüpft war, hatte er sich radikal verändert. Nicht, dass er vorher ein angenehmer Zeitgenosse gewesen wäre, aber mit dieser Uniform hatte sich alles verändert. Sie getraute sich nicht einmal mehr in seiner Gegenwart solche Gedanken zu hegen, aus Angst vor Repressalien dieser braunen Brut.

Früher, vor dem Krieg, waren sie allseits anerkannte Bürger dieser Stadt gewesen. Ihre Kunsthandlung in der Braubachstraße, ganz in der Nähe des Römerbergs, hatte ihnen auch einen gewissen Wohlstand gebracht. So konnten Sie sich noch drei Jahre vor Beginn des Krieges, dieses Haus hier bauen. Doch schon zwei Jahre später trat ihr Mann in die Partei ein. Und jetzt? Das Geschäft ist nur noch ein Haufen Schutt, gleich beim ersten Großangriff, im Oktober des letzten Jahres, wurde das Haus getroffen, und letzten Monat hatten sie Glück, als ein Bombenangriff die Eisenbahnersiedlung und das Ausbesserungswerk unweit von hier traf. Sie hatte das unheimliche Dröhnen der alliierten Bomberflotte noch in den Ohren, konnte die Erschütterungen noch immer spüren.

Die Nachbarn mieden sie, wie der Teufel das Weihwasser. Einige Familien aus der Nachbarschaft waren auch über Nacht verschwunden, und man munkelte hinter vorgehaltener Hand, dass ihr Mann etwas mit deren Verschwinden zu tun gehabt hätte.

„Ich gehe jetzt zur *Waldlust* um zu sehen, wie die Vorbereitungen für unsere Versammlung laufen. Da darf ich nichts dem Zufall überlassen. Wie du weißt, kommt auch der Bezirksvorsitzende der Partei."

„Ja, ich weiß. Seit einer Woche erzählst du mir das immer wieder."

Berta Müller, eine kleine, schmale, verhärmt aussehende Frau erschien in der Schlafzimmertür, wo ihr Mann noch immer vor dem Spiegel stand und sich gerade den Schild seiner Mütze zurechtzupfte.

„Wie wäre es, wenn du Kraft deines Amtes einmal etwas zu Essen besorgen würdest. Wir haben nämlich nichts mehr, und Karten habe ich auch keine."

„Das kann doch nicht sein", begehrte er wütend auf, „ich habe doch vergangene Woche erst eine Sonderration mitgebracht."

„Wie du dich vielleicht erinnern kannst, musste ich ja auch am Sonntag für deine Parteifreunde kochen, und dabei ist fast alles draufgegangen."

Müller schob sich eilig an seiner Frau vorbei in den Flur.

„Schon gut, ich werde sehen, was ich machen kann. Bis später."

„Fehlt nur noch, dass er die Hacken zusammenknallt und den Arm zum Gruß hebt", dachte Berta Müller, als ihr Mann die Wohnung verlassen hatte. Sie hoffte inständig, dass dieser Wahnsinn bald ein Ende haben möge.

***

Alfons Müller verließ sein Haus und trat auf die ausgestorben wirkende Oeserstraße hinaus. Diese endlos lang scheinende Straße, die den westlichen Frankfurter Stadtteil Nied mit dem ehemaligen Flughafengelände am Rebstock verband. Er wippte dreimal kurz auf den Zehenspitzen und sah nach rechts und links die Straße hinunter. Dabei fiel sein Blick auf das Haus schräg gegenüber. Dessen Bewohner waren ihm schon lange ein Dorn im Auge. Mit was verdienten sie so viel Geld, um sich dieses Haus leisten zu können. Das Anwesen war mindestens das Doppelte wie sein eigenes wert. Man sah diesen Joseph Spiegel, so stand es zumindest auf dem Briefkasten, niemals einer geregelten Arbeit nachgehen. Auch mit den Nachbarn suchten sie keinen Kontakt. Für die Wehrmacht war er zu alt, aber in der Partei war er wohl auch nicht, sonst hätte er zumindest an Führers Geburtstag geflaggt. Ob die überhaupt arischen Ursprungs waren? Bei dem diesem Namen kamen ihm da Zweifel. Er würde sie auf jeden Fall einmal überprüfen lassen. Es wären ja nicht die ersten Juden oder Linken, denen er auf diese Weise zur Deportation verholfen hatte, was wiederum seinem Ansehen in der Partei zugutekam.

Beschwingt, die Arme auf dem Rücken verschränkt, setzte er sich in Bewegung.

Im Lokal *Zur Waldlust* sollte am Abend eine Veranstaltung der Partei stattfinden, und er sollte die Rede vom Bezirksvorsitzenden, SA-Sturmbannführer Trautmann ankündigen.

Sichtlich zufrieden inspizierte er das im Garten unter altem Baumbestand aufgebaute Rednerpult. Zwischen den Ästen waren Schnüre mit Fähnchen gespannt und über dem eisernen Eingangstor wehten zwei Hakenkreuzfahnen.

Da es in dieser Gegend keine wehrfähigen Männer mehr gab, würden nur Hausfrauen, Alte und Kinder an der Versammlung teilnehmen, aber auch die mussten auf den Endsieg eingeschworen werden.

Nachdem er dem Wirt noch ein paar Nahrungsmittel abschwatzen konnte, machte sich Müller zufrieden auf den Heimweg.

Bevor er sein eigenes Haus betrat, warf er noch einen kurzen Blick auf die gegenüberliegende Straßenseite und das Haus der Spiegels. Er würde umgehend etwas unternehmen.

„Berta, ich habe etwas zu essen mitgebracht."

Seine Frau eilte aus der Küche herbei.

„Dosenwurst und ein Brot. Besser als nichts."

„Sei nicht so undankbar. Wir alle müssen der Sache Opfer bringen. Nach dem Endsieg geht es uns wieder besser. Dann können wir uns wieder alles leisten und du wirst froh sein, dass ich diese Uniform getragen habe."

Nach dem Endsieg. Wenn er wüsste, dass sie seit Tagen hungerte, damit er genug zu essen bekam. Die schlechten Nachrichten von der Front ignorierte er wohl völlig. Ihr Sohn Otto wurde nach Osten abkommandiert und ihre Tochter Susanne war im Pflichtjahr auf irgendeinem Bauernhof in Bayern. Von beiden hatten sie schon lange keine Nachricht, aber er, er hat nicht einmal nach ihnen gefragt.

Müller betrat durch eine zweiflüglige Verbindungstür sein Arbeitszimmer. An der Wand hinter seinem riesigen, massiven Eichenschreibtisch hing, in einem vergoldeten Rahmen, ein Portrait des Führers, und auf dem Schreibtisch stand eine Bronzebüste des Mannes, der sich anschickte, die Welt in Schutt und Asche zu legen.

Müller nahm den Hörer ab und wählte die Nummer der SS- Standarte *Hessen*.

„Heil Hitler, Herr Sturmbannführer! Truppführer Müller, Ortsgruppe Nied, ich habe eine Meldung zu machen …"

***

Nachdem er das Gespräch beendet hatte, stellte er sich, die Hände auf dem Rücken verschränkt, ans Fenster zur Oeserstraße und beobachtete das Haus schräg gegenüber.

Etwa dreißig Minuten später fuhren zwei Motorräder mit Seitenwagen und eine schwarze Limousine vor. Müller rannte hinaus und blieb vor dem Wagen stehen. Der Fahrer war mittlerweile ausgestiegen und öffnete den hinteren Schlag. Müller knallte die Hacken zusammen und riss den Arm hoch zum Gruß, als Sturmbannführer Schneider den Wagen verließ. Er hatte seinen schwarzen Mantel lässig über sie Schultern gehängt, und mit einer fahrigen Bewegung erwiderte er den Gruß.

„Gut gemacht, Müller. Wir haben eine Akte über Spiegel. Er ist Professor für Kunst – abartige Kunst. Sie verstehen, was ich meine?"

„Jawohl, Herr Sturmbannführer!"

„Und Jude ist er wohl auch. Wir kamen nur noch nicht dazu ihn … ihn umzusiedeln."

Damit wandte er sich an die Soldaten auf den Motorrädern.

„Aufmachen!"

Die Männer stürmten, die Maschinenpistolen im Anschlag, vor und traten mit ihren schweren Stiefeln die Eingangstüre ein. Kurz darauf erschienen sie wieder, und stießen mit den Kolben ihrer Waffen, ein älteres Ehepaar vor sich her. Der Mann blieb vor Alfons Müller kurz stehen und sah ihm in die Augen. Aber es war keine Spur von Hass oder Wut in diesem Blick, sondern nur endlose Traurigkeit und Unverständnis. Müller wandte den Kopf ab, bis ein weiterer Hieb mit dem Kolben den alten Mann zum Weitergehen zwang. Er konnte diesen Blick einfach nicht ertragen.

„Kommen Sie, Müller", rief Sturmbannführer Schneider, „inspizieren wir das Haus."

Als sie das Wohnzimmer betraten, stockte Müller der Atem. Hier hingen die gesamten europäischen Impressionisten und Neoimpressionisten nebeneinander. Von Monet über Renoir und Gauguin bis Matisse, fast alle waren hier vertreten. Unglaubliche, unschätzbare Werte.

„Gehen Sie hoch und sehen Sie oben nach, Müller, ob da noch mehr von diesem Plunder hängt. Ich sehe mich hier unten um."

Müller stieg, wie ihm geheißen, die schwere, geschnitzte, Holztreppe nach oben. Im Flur hingen einige kleine Zeichnungen von Künstlern, die er nicht kannte, und ein Gemälde von Armin Stern, in einem Raum, der wohl als Arbeitszimmer diente, fand er Meisterwerke des Expressionismus von Kirchner und Macke, aber als er die Schlafzimmertüre öffnete, blieb er wie angewurzelt stehen. Über dem Ehebett hingen zwei großformatige Bilder von Gustav Klimt. Auf dem internationalen Kunstmarkt ein Vermögen. Eilig durchsuchte er die anderen Räume und fand in der Schublade einer Kommode noch eine Mappe mit Handskizzen diverser Künstler.

„Müller!", hörte er in diesem Moment Schneider rufen, „Müller! Wo bleiben Sie denn?"

„Sofort, Herr Sturmbannführer!"

Er schloss die Schublade und rannte eiligst die Treppe hinunter.

„Wie sieht es oben aus?"

„Ein paar unbedeutende Zeichnungen und ein Gemälde von Stern, Herr Sturmbannführer."

In diesem Moment hätte sich Alfons Müller am liebsten auf die Zunge gebissen.

„Ah, er kennt sich aus mit diesem Zeug."

„Nur mit echter Kunst, Herr Sturmbannführer. Ich hatte eine kleine Kunsthandlung, bis ein hinterhältiger, feindlicher Angriff das Haus zerstörte."

Schneider kniff die Augen zusammen und musterte Müller abschätzig.

„So, nur mit echter Kunst."

„Jawohl. Ich hatte sogar ein Gemälde des Führers in meiner Ausstellung. Ich meine eines, das er selbst gemalt hat."

„Na gut. Sorgen Sie dafür, dass der ganze Krempel zur Vernichtung ins Hauptquartier gebracht wird. Dann schließen Sie alle Fensterläden und vernageln die Eingangstür. Ich verlasse mich auf Sie."

„Können Sie, Herr Sturmbannführer. Ich werde es umgehend veranlassen. Heil Hitler."

Müller blieb mit ausgestrecktem Arm stehen, bis Schneider das Haus verlassen hatte, und mit seinem Gefolge abgefahren war.

„Welch eine Verschwendung", dachte er.

***

Am Abend stand Alfons Müller erwartungsfroh neben dem großen Tor zum Garten der *Waldlust*. Der Garten war bis auf den letzten Platz gefüllt, wie er zufrieden zur Kenntnis nahm. Müller hatte die Daumen in seinem Koppel eingehakt und blickte die Oeserstraße hinauf, in die Richtung, aus der die Wagenkolonne der Ehrengäste des heutigen Abends kommen musste. Auf der anderen Straßenseite hatten sich schon die Fahnenträger und ein Musik-Korps postiert und warteten auf ihren Einsatz.

Als die ersten beiden Motorräder der Begleitkolonne auftauchten, gab Müller ein Zeichen. Die Fahnenträger gruppierten sich, hielten ihre Fahnen schräg nach vorne ausgerichtet und marschierten unter der Begleitung des Musik-Korps, das einen Marsch intonierte, in den Garten der *Waldlust* ein.

Die schwarze Limousine in Begleitung von vier Motorrädern hatte angehalten. Der Fahrer stieg aus, öffnete den hinteren Schlag, und der Bezirksvorsitzende der NSDAP, SA-Sturmbannführer Trautmann entstieg dem Wagen. Müller riss sofort den rechten Arm nach oben und brüllte: "Heil Hitler, Herr Sturmbannführer! Es ist uns eine Ehre Sie hier begrüßen zu dürfen."

„Heil Hitler, Truppführer. Ist ja alles prächtig organisiert, wie ich sehe. Dann lassen Sie uns gleich hineingehen."

Müller trippelte aufgeregt hinter Trautmann und seinem Gefolge her und als sie in den Garten kamen, standen die dort versammelten Bürger Nieds, verhärmt aussehende Frauen und blass und krank wirkende, alte Männer, auf und applaudierten. Müller trat ans Rednerpult.

„Liebe Mitbürger, egal welche Entbehrungen Sie bisher ertragen haben, es dient alles einer höheren Sache …"

Applaus.

„… und egal, was Sie bisher gehört oder erlebt haben, wir kapitulieren nicht!"

Noch mehr Applaus.

„Begrüßen Sie bitte unseren Bezirksvorsitzenden, Sturmbannführer Trautmann."

Stürmischer Applaus.

Trautmann trat ans Rednerpult und legte den andächtig lauschenden Zuhörern dar, wie der Führer Großdeutschland geschaffen und das deutsche Volk befreit und geeint hat. Nach über einer Stunde endete er mit dem Appell, dass jeder durch Pflichterfüllung und Einsatzbereitschaft dem Führer danken, und an seinem Werk mitarbeiten solle.

Minutenlang anhaltender, stürmischer Beifall, begleitete den Redner hinaus zu seinem Fahrzeug. Müller war zufrieden.

2

Heute

Freitag 12. Februar

Der Literaturabend im Lokal *Zur Waldlust* war, trotz der späten Stunde, noch relativ gut besucht, was aber eher der Tatsache zu verdanken war, dass dieser Abend auf den Freitag vor Fasching fiel, als dass es plötzlich ein vermehrtes Interesse der einheimischen Bevölkerung an einer solchen Veranstaltungen gegeben hätte.

Trotz intensiver Unterstützung durch eine lokale Tageszeitung, und den Versuch einiger Journalisten dieser Zeitung, den Frankfurter Westen zu einem kulturellen Zentrum zu machen, blieb die Zahl der Teilnehmer an diesen regelmäßig stattfindenden Veranstaltungen doch sehr überschaubar.

Das sah auch Andreas Volkmann so, der, nachdem der ortsansässige Autor seine Lesung beendet hatte, sich mit schwerer Zunge noch ein Bier bestellte. Volkmann war ein hoch begabter Kunstmaler und ein mittelmäßig begabter Dichter, was er aber natürlich völlig anders sah. Dazu litt er noch unter chronischem Geldmangel, was aber in der Hauptsache mit dem übermäßigen Alkoholkonsum und der dadurch verminderten Schaffenskraft des Künstlers zu tun hatte.

„Du hast genug, glaube ich", meinte der Wirt, „außerdem wird es Zeit, dass du mal deinen Deckel bezahlst."

„Sei doch nicht so spießig, oder wendest du dich wegen des schnöden Mammons nun auch gegen die Kunst des Proletariats?"

„Mein Gott", dachte der Wirt, „jetzt fängt er schon wieder mit dieser Proletariermasche an", und beeilte sich noch ein Bier zu zapfen, um die aufkeimende Diskussion, die zu einem Monolog geworden wäre, im Keim zu ersticken.

„Hier, das ist aber das Letzte für heute."

„Danke mein Freund, des Volkes Dank sei dir gewiss, und meiner natürlich auch. Wenn ich erst einmal groß rauskomme, werde ich all meine Freunde am Erfolg teilhaben lassen."

Aber auch ein Proletarier benötigt Geld zum Leben, und ohne das Geld seines Mäzens, eines extrem reichen Privatbankiers, könnte er nicht einmal die Miete für sein kleines Dachatelier unweit von hier in der Lotzstraße bezahlen.

Volkmann war Mitte vierzig, mittelgroß, von kräftiger Statur und einem durchaus nicht unattraktiven Äußeren, was aber unter seinem mehrere Tage alten Bart verborgen blieb. Seit frühester Jugend war er überzeugter Kommunist. Allerdings interpretierte er den Kommunismus nach den Lehren von Karl Marx und Friedrich Engels und nicht nach dem, was in der früheren UDSSR und ihren Bruderstaaten als solcher propagiert wurde.

„Auf die Kunst des Volkes", rief Volkmann aus, und prostete mit seinem Glas in die Runde. Die Leute an seinem Tisch erhoben ebenfalls ihre Gläser und stimmten ein. Die einen, damit er endlich die Klappe hält, die anderen in der Hoffnung, vielleicht noch einen ausgegeben zu bekommen.

Der Wirt schaltete die Lampen über den nicht mehr besetzten Tischen aus, um an die verbliebenen Gäste ein diskretes Signal zu senden, dass er nun schließen möchte.

Langsam leerte sich nun die Gaststube, bis nur noch Volkmann und zwei Gäste, die im kleinen Hotel über dem Lokal logierten, übrig waren. Da es offensichtlich war, dass er von diesen Gästen auch nichts mehr erwarten konnte, erhob sich Volkmann und stolperte die Treppe hinunter auf die Oeserstraße. In dem Moment als er die Straße überqueren wollte, rauschte ein schwarzer, tiefergelegter Golf heran und verschwand mit quietschenden Reifen über die alte Nidda Brücke.

„Verdammter Bastard!" schrie Volkmann ihm nach und fuchtelte wild mit der Faust in der Luft herum. „Den Hals sollst du dir brechen!"

„Wenn die Bullen hier ein Blitzgerät aufbauen würden", dachte er, „könnten sie jeden Abend ein Dutzend Führerscheine kassieren." Er kramte in seinen Taschen und fand noch eine übrig gebliebene Zigarette. Gerade als er sie sich anstecken wollte, sah er auf der anderen Straßenseite eine schwarze Gestalt vorbeieilen. Zuerst glaubte er an eine Halluzination. Vielleicht sollte er doch mit der Sauferei aufhören, bevor er auch noch beginnen würde, weiße Mäuse zu sehen. Er schloss kurz die Augen, aber die Gestalt blieb real. Was aber besonders seine Aufmerksamkeit erregte, war weder der weite, schwarze Umhang, noch der seltsam geformte, schwarze Hut, sondern vielmehr das weiße, eigenartig starre Gesicht, von dem in der dürftigen Beleuchtung gelegentlich ein Glitzern auszugehen schien.

„Was für ein Bild", dachte er, und ließ das Streichholz fallen, mit dem er sich gerade die Finger verbrannt hatte, „das müsste ich malen können." Sein Blick folgte der Gestalt, bis sie eilig in Richtung Alt Nied im Nebel verschwand.

***

„Der ist ja schon wieder besoffen", dachte Vera Breuninger, als sie mit ihrem Hund an der Einmündung der Sauerstraße, fast mit dem heimwärts torkelnden Maler zusammenstieß.

Im Lokal *Zur Waldlust* verlöschte das Licht und die Oeserstraße lag dunkel und gespenstig im Nebel, der von Main und Nidda heraufzog. Vera Breuninger zog den Kragen ihres Mantels enger zusammen. Diese nächtliche Einsamkeit und der Nebel, der alle Geräusche verschluckte, waren ihr unheimlich, doch ihrem Hund, einer lebhaften Promenadenmischung, war das egal, er hatte auch seine Bedürfnisse. Der Hund zog an der Leine in die Richtung seines ihm vertrauten Weges zur Nidda und Vera Breuninger setzte sich in Bewegung. Auf Höhe der Nidda Schule überquerte sie die Straße und folgte ihrem Hund zum Fluss. Selbst der Spielplatz neben der Schule, auf dem sonst nachts Jugendliche unbehelligt ihr Unwesen trieben, lag still und ausgestorben in der Dunkelheit. Sie folgte ihrem Hund über den großen Platz, auf dem sich im nahenden Frühjahr wieder Karussells drehen würden, bis zur Brücke. Unter dem niedrigen Brückenbogen blieb der Hund stehen, verrichtete kurz sein Geschäft, scharrte mit den Pfoten etwas Sand darüber und zog wieder an der Leine. Kurz vor der Treppe aber, die linker Hand hinter der

Brücke wieder zurück, vorbei an der kleinen, kürzlich renovierten Polizeistation, nach Alt Nied führte, blieb er plötzlich stehen und fing an zu knurren.

Vera Breuninger hatte Angst. Ihr Herz schlug schneller und trotz der nächtlichen Kälte brach ihr der Schweiß aus. So etwas tat ihr Hund normalerweise nie, nicht einmal wenn er Angst hatte. Dann klemmte er den Schwanz zwischen die Hinterbeine, ließ die Ohren hängen und verkroch sich in eine Ecke, in der Hoffnung, in Ruhe gelassen zu werden. Diese Reaktion hier war ihr neu. Er saß vor der Treppe und knurrte. Sie ließ etwas Leine nach und sofort erhob er sich, und ging, aufgeregt hin und her tänzelnd, dicht an die linke Seite gedrängt, die Stufen hinauf. Sie hatte Mühe ihm zu folgen, doch plötzlich blieb er stehen, fing wieder an zu knurren und sie stolperte über etwas, das sie in der Dunkelheit nicht sehen konnte, denn die Laterne, die diese Stiege sonst beleuchtete, war wieder einmal Opfer sinnlosen Vandalismus´ geworden. Vera Breuninger holte mit zitternden Händen die kleine Taschenlampe, die sie für Notfälle immer bei sich trug, wenn sie nachts mit dem Hund raus musste, aus der Manteltasche und schaltete sie an. Der spitze Schrei, den sie beim Anblick, der sich ihr bot, ausstieß, wurde nur von ein paar Möwen beantwortet, die weiter unten am Fluss die Nacht verbrachten.

Im trüben Schein ihrer Lampe, lag eine schwarze Gestalt auf der Treppe die sie aus einem ausdruckslosen, weißen, teils blutverschmierten, Gesicht anstarrte. Die Gestalt lag mit dem Kopf nach unten. Auf dem Kopf trug sie eine Art Dreispitz und das, worüber sie gestolpert ist, war ein in unnatürlichem Winkel ausgestreckter Arm.

3

Samstag 13. Februar

Marius Keller blinzelte in die Dunkelheit seines Schlafzimmers. Ein ekelhaftes Geräusch hatte ihn geweckt. Er sah auf das Leuchtzifferblatt seines Weckers auf dem Nachttisch. Es war fünf Minuten vor halb eins. Das Telefon, der Verursacher des penetranten Geräuschs, klingelte unaufhörlich weiter. Keller knipste die Nachttischlampe an. Sofort durchzuckte ein stechender Schmerz seinen verkaterten Schädel. Er hatte bis vor zwei Stunden noch mit ein paar Freunden in seinem Stammlokal, im Gallusviertel, gesessen, und nach einem hervorragenden Essen noch ein paar Flaschen Wein geleert. Keller hielt sich das Kissen vor das Gesicht, doch das Telefon kannte kein Erbarmen. Schließlich kapitulierte er, richtete sich langsam auf und nahm den Hörer ab.

„Na endlich Chef, ich versuche schon die ganze Zeit Sie zu erreichen", hörte er am anderen Ende seinen Assistenten Petersen.

„War nicht zu überhören", brummte er in den Hörer, „wehe, wenn es nichts Wichtiges ist, was ich mir eigentlich auch nicht vorstellen kann, dann kannst du schon einmal das Ave Maria beten."

„Befehl vom Chef. Er ließ mich anrufen und mir ausrichten, ich solle Sie ausfindig machen. Das wollte er wohl nicht selbst tun."

„Der weiß auch warum. Also was liegt an? Ist die Katze der Frau Bürgermeisterin entlaufen? Oder hat irgendjemand die Einfahrt von irgendeinem Bänker blockiert?"

„Nein, es gab einen Mord. Eine Frau wurde an der alten Nidda Brücke in Nied ermordet aufgefunden. Sie sollen sofort dort erscheinen. Ich fahre auch gleich los."

Damit war das Gespräch beendet. Keller starrte noch eine Weile den Hörer an, den er unschlüssig in der Hand hielt, dann legte er ihn auf den Apparat zurück, erhob sich schwerfällig und ging ins Bad, in der Hoffnung, nach einer ausgiebigen Dusche wieder einigermaßen fit zu werden. Die Kopfschmerzen konnte die Dusche aber auch nicht vertreiben.

Kommissar Keller verließ seine kleine Wohnung in der Frankenallee, stieg in seinen alten Renault R16 und fuhr los.

***

Dieses alte Auto war so ziemlich das Einzige, was in seinem Leben Bestand hatte. Seit nunmehr dreißig Jahren war er bei der Frankfurter Mordkommission tätig, und das mit Erfolg, wie seine zahlreichen Auszeichnungen belegten, von denen er aber heute nicht mehr sagen konnte, wo er sie hin geräumt hatte. Irgendwann gab es dann einen Knick in seiner Lebenslinie. Sein damals neuer Chef fand seine Methoden antiquiert, Disziplinarverfahren folgten, weil er sich höchst selten an Vorschriften hielt und zuletzt wurde er von größeren Fällen ganz ausgeschlossen, und nur noch mit Kleinkram betraut, den jeder Verkehrspolizist hätte übernehmen können.

Vor drei Jahren verließ ihn dann noch seine Frau, was ihn ganz in Schieflage brachte. Gewiss sie war zehn Jahre jünger und sehr attraktiv, während er mit seinen verbeulten Baumwollhosen und dem zerknautschten Trenchcoat eher einer billigen Colombo Karikatur glich, aber irgendwann muss ja da mal etwas gewesen sein.

Auf einem Polizeiball hatte er ihr den leitenden Staatsanwalt vorgestellt, einen drahtigen Mittvierziger, der mehr Zeit im Fitnessstudio, als hinter seinem Schreibtisch zubrachte. Heute lebten sie zusammen. Offenbar hatte sie sich auf jenem Ball in diesen Schönling verliebt. Sie tanzten den ganzen Abend zusammen, während Keller die Zeit deprimiert an der Bar verbrachte. Sie tanzte leidenschaftlich gerne. Er hatte ihr aber von Anfang an klar gemacht, dass er es nicht wollte. Entweder hatte es sie damals nicht gestört, oder sie war in dem Glauben ihn ändern zu können. Er ließ sich aber nicht verbiegen.

Im vergangenen Jahr teilte man ihm mit, dass er das Mindestalter für eine Pensionierung erreicht hätte und eine Weiterbeschäftigung nicht angedacht sei. Er hatte sich nicht gewehrt und zählte seit dieser Zeit die Wochen herunter. Ende des Monats, genauer gesagt in zwei Wochen, sollte es dann soweit sein.

Einige alte Weggefährten aus besseren Zeiten, die so dachten wie er, sind ihm dennoch geblieben, und sein treuer Assistent Ralf Petersen, der trotz seiner bisweilen schrulligen Art, wie eine Klette an ihm hing. Petersen gehörte zwar mit seinen gerade einmal fünfundzwanzig Jahren zur neuen Generation der Polizei, war aber im Gegensatz zu den meisten anderen Kollegen, von dem kauzigen, introvertierten Kommissar begeistert. Selbst Warnungen, dass eine

Zusammenarbeit mit Keller sich nachteilig auf seine Karriere auswirken würde, waren ihm egal.

***

Keller raste die Mainzer Landstraße hinunter und bog an der St. Markus Kirche mit quietschenden Reifen nach rechts in Richtung Alt Nied ab. In einiger Entfernung sah er im Dunst schon die Blaulichter blinken. Da er auf Anhieb keinen Platz fand, ließ er sein Auto einfach mitten auf der Straße stehen und stieg aus. Petersen kam auf ihn zugeeilt.

„Sieht übel aus, Chef. Ich habe erst einmal Polaroid Fotos machen lassen, bevor die sich alle darauf gestürzt haben."

Die, das waren die Leute von der Spurensicherung und der Arzt.

„Sehr gut, Petersen. Sehen wir uns die Bescherung mal an."

Vom ersten Tag an hatte Keller seinen Assistenten geduzt, aber er nannte ihn trotzdem immer nur beim Nachnamen.

Im grellen Schein der Scheinwerfer, die hier aufgebaut wurden um den Tatort zu beleuchten, sah die ganze Szenerie aus, wie aus einem billigen Horrorfilm entliehen. Keller trat vor die schwarze Gestalt, die wie hingegossen auf der Treppe lag, und um die herum die Kriminaltechniker lauter kleine Täfelchen mit Ziffern aufgestellt hatten.

„Venezianisch."

„Was?", fragten Petersen und der Arzt, der sich gerade an der Gestalt zu schaffen machte, unisono.

„Das ist ein klassisches, venezianisches Karnevalskostüm. Maske, Dreispitz und Umhang. Passt alles. Hallo Doc."

„Hmm", machte der Doc, und wandte sich wieder seiner Arbeit zu.

„Es ist halt Fasching, Chef, da wird sie auf irgendeinem Maskenball gewesen sein."

„Gib mir mal die Fotos."

Keller betrachtete intensiv die kleinformatigen Bilder. Dann gab er sie seinem Assistenten zurück.

„Dachte ich mir."

„Was denn, Chef?", fragte Petersen, der oftmals Schwierigkeiten hatte, den akrobatischen Gedankengängen seines ohnehin sehr wortkargen Vorgesetzten zu folgen.

„Sie war nicht auf irgendeinem Maskenball wie die, die hier im Saalbau stattfinden."

Keller umrundete langsam die Leiche.

„Und wieso nicht?", fragte Petersen verblüfft.

„Ja, wieso nicht? Das würde mich auch interessieren", stimmte der Arzt mit ein.

„Das Kostüm. Es ist nicht nur ein Faschingskostüm. Es ist perfekt, und es ist teuer, sehr teuer. Petersen, sieh mal auf den Fotos nach, auf denen nur die ausgestreckten Arme zu sehen sind."

Petersen beeilte sich die Fotos herauszusuchen und sah sie sich genau an.

„Ja und?", fragte er, da er nichts Ungewöhnliches sehen konnte.

„Der Ring, den sie über dem Handschuh trägt. Der passt genau in die Zeit, aus der das Kostüm stammt, und der war bestimmt auch nicht billig. Diese Frau war garantiert auf dem Weg von oder zu einem Kostümball der besseren Gesellschaft. Du findest jetzt heraus, wo in dieser Gegend so ein Fest stattgefunden hat."

„Respekt Keller, nur schade, dass Sie den Fall nicht übernehmen", meinte der Arzt anerkennend und widmete sich wieder seiner Arbeit.

Kommissar Keller hatte das Gefühl, der Boden würde unter seinen Füßen weggezogen. Was war das wieder für ein linkes Spiel? Er kramte in seinen Taschen nach Zigaretten und fand noch ein zerknäultes Päckchen. Er steckte sich die letzte, verbogene Roth Händle zwischen die Lippen, ließ die leere Schachtel achtlos fallen, inhalierte tief, sah in den dunstigen Nachthimmel und seufzte. Was hätte er auch anderes erwarten können? Er war es ja seit Jahren gewohnt.

„Petersen", rief er nach seinem Assistenten, „was weißt du davon?"

„Tut mir leid, Chef. Ich kam noch nicht dazu es

Ihnen zu sagen. Wir sollten nur hierher, weil kein anderer Zeit hatte."

„Ach so ist das. Uns schmeißen sie mitten in der Nacht raus, während die anderen morgen erst einmal ihren Rausch ausschlafen und dann ausgeruht unsere Arbeit übernehmen. Wer bekommt denn eigentlich den Fall?"

„Hauptkommissar Liebeneiner." Petersens Stimme klang abfällig.

„Scheiße. Wieso dieses gelackte Arschloch?"

„Wahrscheinlich denkt unser Chef, dass sein Musterschüler hier nichts falsch machen kann."

Petersen hatte schon die gleiche negative Einstellung zur neuen Generation im Dezernat, wie Keller, obwohl es ja eigentlich auch seine Generation war.

„Dann kannst du den Fall gleich zu den ungelösten ins Archiv bringen."

***

Peter Liebeneiner gehörte zu der neuen Generation Polizeibeamter, die ihr Jurastudium mit Auszeichnung abgeschlossen haben, und der Meinung waren, ihre Fälle nur mit der Fähigkeit tabellarisch zu denken, vom Schreibtisch aus lösen zu können. Eine Tabelle bedeutet Ordnung, eine Tabelle bedeutet Logik, und in einer Tabelle kommt ja logischerweise unter dem Strich etwas heraus. Dazu musste natürlich ein immenser Personalaufwand betrieben werden. Es wurden Teams gebildet, die nur den Auftrag hatten, den Mann hinter dem Schreibtisch mit Informationen zu versorgen. So einer war Liebeneiner. Dazu kam er noch aus sehr reichem Hause, was seiner Karriere natürlich auch noch zuträglich war. Er war über zwanzig Jahre jünger als Keller, hatte noch keinen einzigen Erfolg vorzuweisen, ihn aber in der Hierarchie schon überholt.

***

Keller schluckte seinen Ärger hinunter und warf seine Zigarettenkippe weg. Mittlerweile hatte der Arzt der Toten auch die Maske abgenommen und Keller starrte in das blutverschmierte, aber selbst im Tod noch schöne Gesicht einer jungen Frau.

„Haben Sie schon etwas, Doc?"

Der Arzt hatte sich erhoben, streifte seine Gummihandschuhe ab und wandte sich Keller zu.

„Die Schweinerei ist vor höchstens eineinhalb Stunden passiert. Die Frau ist zwischen zwanzig und dreißig Jahre alt. Ihr wurde mit einem extrem scharfen Gegenstand der Hals durchgeschnitten, eigentlich eher durchgehauen. Alles Weitere nach der Obduktion. Aber dann ist ja euer Schönling zuständig."

„Danke, Doc. Wie meinen Sie das – durchgehauen? Mit einem Beil?"

„Nein, eher mit einem Schwert oder einer Machete, irgendeiner scharfen Langwaffe. Der Schlag kam

31

seitlich von vorne und die Waffe wurde dann durch-
gezogen. Machen Sie es gut, Keller."

Die Tote wurde nun in den bereitstehenden Sarg
gelegt und zur Gerichtsmedizin abtransportiert. Nur
die Kriminaltechniker hatten noch eine Weile zu tun,
bis alle Spuren gesichert waren.

„Wer hat die Tote denn gefunden?"

„Eine Frau Breuninger. Sie wohnt da vorne in der
Sauerstraße."

„Was hat sie denn um diese Uhrzeit hier gemacht?"

„Sie war mit ihrem Hund unterwegs. Eigentlich
hat er ja die Tote entdeckt."

„Dann komm, wir werden ihr noch ein paar Fragen stellen müssen. Vielleicht bekommen wir ja bei
ihr einen Kaffee."

„Machen Sie doch weiter?", freute sich Petersen,
„Mit dem Kaffee wird es wohl nichts. Die Frau steht
noch dort hinten."

„Schade! Ich möchte noch so viel in Erfahrung
bringen wie möglich, bevor dieser Arsch den Fall in
den Sand setzt. Die Fotos bekommt er nicht, klar?"

„Klar, Chef. Welche Fotos?"

Vera Breuninger stand mit ihrem nervös zappeln-
den Hund in der immer größer werdenden Schar der
Schaulustigen, und berichtete einigen Frauen aus der
Nachbarschaft, unter deren Mantelsaum noch die

Nachthemden oder Schlafanzugshosen hervorlugten, von ihrem schaurigen Erlebnis.

„Frau Breuninger? Kommissar Keller, meinen Kollegen Petersen kenne Sie ja schon. Wir hätten noch einige Fragen."

„Ja wissen Sie, Herr Kommissar, das war so …", fing sie ohne Umschweife an und Keller musste schmunzeln.

„Halt, halt, Frau Breuninger, könnten wir uns darauf einigen, dass wir die Fragen stellen und Sie antworten?"

Sie stoppte ihren Redefluss und sah ihn zu tiefst beleidigt an.

„Danke. Sie gingen also heute Nacht mit ihrem Hund hier spazieren …"

„Ja, das arme Vieh muss ja auch mal raus, und außer mir macht's ja keiner, obwohl ich als erste wieder aus den Federn muss", unterbrach sie ihn gleich wieder.

„… wann war das ungefähr?"

„Das war genau um halb zwölf", kam es wie aus der Pistole geschossen.

„Und woher wissen Sie das so präzise? Hatten Sie auf die Uhr gesehen, als Sie das Haus verließen?"

„Gewissermaßen, ja. Bevor ich nachts aus dem Haus gehe, sehe ich immer auf mein Handy, ob es noch genug Akku hat, falls mal unterwegs was ist.

Die Gegend ist ja nicht mehr die sicherste, wenn Sie verstehen?"

„Ja, ja, böse Welt", resignierte Keller, dem mehr und mehr die Erkenntnis kam, die Frau einfach reden zu lassen. Vielleicht ergaben sich dabei noch einige, für sie später wichtige Nuancen, die sonst nicht ausgesprochen würden.

„Und auf dem Handy steht ja die Uhrzeit. Daher weiß ich das so genau. Manchmal geht das Handy auch ein- oder zwei Minuten nach, aber es ist ziemlich genau."

„Darf ich das Handy mal sehen?"

Keller verglich die Uhrzeit auf dem Display mit seiner Uhr, einem relativ hochwertigen Chronografen, den er zum fünfundzwanzigsten Dienstjubiläum geschenkt bekam, aber auch nur, weil jeder zu diesem Jubiläum solch eine Uhr bekommt.

„Drei Minuten."

„Was?"

„Das Handy geht drei Minuten vor."

„Oh, dann muss meine Tochter die Uhr mal wieder stellen. Ist das jetzt schlimm?"

„Im Moment nicht, aber es könnte eventuell im Rahmen der Ermittlungen von Bedeutung sein, die genaue Uhrzeit zu kennen. Was haben Sie dann gemacht?"

Vera Breuninger sah ihn verständnislos an. Sie

wurde von Kellers rapiden Themenwechsel überrascht.

„Sie verließen gegen halb zwölf, plus/minus drei
Minuten, das Haus. Und dann?", drängte er.

„Ach so, dann bin ich wie immer den üblichen
Weg gegangen."

„Und der wäre?"

„Wollen Sie jetzt jeden einzelnen Schritt von mir
wissen?"

„Wenn es möglich ist, ja."

„Also ich bin dann die Sauerstraße bis zur Oeserstraße runtergelaufen, und ..."

„Rechts oder links?", unterbrach er sie.

„Wie?"

„Ob Sie auf der rechten oder der linken Seite der
Straße gelaufen sind."

„Links. Da steht ja auch unser Haus."

Keller ließ sich nun von Frau Breuninger den ganzen Weg, bis zum Auffinden der Leiche, beschreiben,
und hörte auch geduldig ihren Ausschmückungen
zu.

„Danke Frau Breuninger, wenn Sie uns jetzt nur
noch sagen könnten, ob ihnen unterwegs irgendetwas aufgefallen ist, oder ob Sie jemanden gesehen
haben."

Sie dachte angestrengt nach.

„Nein, eigentlich nicht. Nur unten an der Nidda

hat mal ein Reiher geschrien, aber sonst war alles totenstill. Der verdammte Nebel verschluckt ja auch jedes Geräusch."

„Gut, nochmals vielen Dank."

Keller und sein Assistent hatten sich schon zum Gehen abgewandt, als Frau Breuninger sie noch einmal zurück rief.

„Ich hab doch noch wen gesehen."

Petersen zückte sofort seinen Notizblock.

„Ich weiß ja nicht, ob das wichtig ist, aber als ich in die Oeserstraße abbiegen wollte, stieß ich fast mit diesem besoffenen Kerl zusammen. Der hat nicht einmal geschaut, wo er hin läuft."

„Natürlich ist das wichtig. Haben Sie ihn erkannt?"

„Das war dieser Maler. Muss wohl gerade aus der *Waldlust* gekommen sein. Da ist er immer und lässt sich volllaufen. Hält sich für einen großen Künstler."

„Wissen Sie auch eventuell wie er heißt und wo er wohnt?"

„Ja, ich glaube er heißt Volkmann oder so ähnlich und wohnt in einer Dachwohnung in der Lotzstraße. Nummer weiß ich nicht. So jetzt muss ich aber, sonst kann ich gleich aufbleiben."

„Haben Sie vielen Dank, Frau Breuninger. Damit haben Sie uns sehr geholfen."

Nachdem sie mit ihrem ungeduldig an der Leine

ziehenden Hund verschwunden war, blieb Keller plötzlich stehen und hielt den Kopf schräg, als wolle er in die Dunkelheit lauschen.

„Da-damdamdam-dada-die … da-damdamdam-dada-die …", intonierte er leise die ersten Takte der *Vier Jahreszeiten* von Vivaldi, die der leicht aufkommende Wind von irgendwo aus dem Nebel an sein Ohr dringen ließ. Petersen sah ihn entgeistert an.

„Du wirst nicht lange suchen müssen, ganz bestimmt nicht lange."

„Was denn?"

„Na, das Kostümfest. Wo Vivaldi erklingt, wird bestimmt nicht mit einem Bierhumpen in der Hand geschunkelt. Irgendwo da unten am Main."

„Ach so. Und nun?", fragte Petersen.

„Jetzt legen wir uns noch ein paar Stunden aufs Ohr. Morgen, respektive später, befragen wir dann den Künstler."

Als Keller zu seinem Wagen kam, hatte sich dahinter schon ein Stau mit laut schimpfenden Fahrern gebildet. Ein junger Polizist kam auf ihn zu.

„Herr Kommissar, wissen Sie wem die alte Karre hier gehört?"

„Das ist ein Oldtimer und keine alte Karre, mein Freund, und der Oldtimer gehört mir."

„Oh, Entschuldigung, aber es gibt schon einen Stau bis zur Mainzer Landstraße."

„Der löst sich auch wieder auf. Hätten Sie hier die Gaffer ferngehalten, hätte ich auch einen anderen Parkplatz bekommen."

Keller setzte sich in seinen Wagen und ließ den Motor an. Als er an Petersen vorbei rollte, hielt er noch einmal kurz an und kurbelte das Fenster herunter.

„Petersen, können Reiher eigentlich schreien?"

4

Samstag 13. Februar

Petersen war schon wieder früh auf den Beinen. Es ließ ihm keine Ruhe, dass der Fall, der ja eigentlich schon nicht mehr ihr Fall war, von diesem arroganten Kerl übernommen werden sollte. Er parkte seinen Wagen vor dem Supermarkt schräg gegenüber dem Tatort und überquerte die Straße.

Der Nebel hatte sich fast komplett verzogen und ein paar Sonnenstrahlen versuchten verzweifelt das milchige Grau des Himmels zu durchbrechen. Um die kleine Bank vor der alten Polizeistation standen Dutzende leerer Flaschen. Scheint wohl der Treffpunkt der Alkoholiker von Alt Nied zu sein. Wie passend. Die Turmuhr der Christuskirche hinter ihm schlug zur vollen Stunde, und die ersten Hausfrauen und Rentner trafen sich vor dem Markt zum morgendlichen Plausch. Petersen sah auf seine Uhr. Vor sieben Stunden stand er noch hier, Teil eines gespenstigen Szenarios. Jetzt sah alles wieder friedlich aus, so, als wäre hier nie etwas geschehen. Die Stadtreinigung hatte auch ganze Arbeit geleistet. Nichts war mehr von dem grausamen Verbrechen zu sehen. Hier war mit Sicherheit nichts mehr zu finden, aber ihm war das egal. Keller und er hatten alles, was sie brauchten und Hauptkommissar Liebeneiner hätte ohnehin nichts gefunden, selbst wenn er darüber gestolpert wäre. Bei dieser Vorstellung hätte er beinahe laut gelacht.

Petersen ging die Treppe hinunter und an der Nidda entlang zum Ufer des Mains. Er atmete tief die kühle Luft ein und sah sich um.

„Schön hier", dachte er, „hier könnte man es aushalten. Wie hoch hier wohl die Mieten sind?"

Petersen bewohnte zwar immer noch seine Studentenbude in der Leipziger Straße, nahe der Universität, aber das Haus wurde zwischenzeitlich luxussaniert und die Mieten hatten sich binnen zwei

Jahren fast verdreifacht.

„Alles Abzocker", dachte er wütend, „es ist doch nicht gerecht, wenn man weit über die Hälfte seines Nettogehaltes alleine nur für die Miete hinblättern muss."

Zu seiner Linken sah er ein größeres Gebäude an der Promenade stehen, und davor ankerte ein großes, weißes Schiff. Eines wie diese Ausflugsdampfer, die ab dem Frühjahr wieder den Main hoch und runter schipperten, nur viel größer. In der anderen Richtung war bis hinunter nach Höchst nichts zu sehen.

Petersen setzte sich in Bewegung. Die Musik, die Keller gestern Nacht gehört hatte, wie hieß sie doch gleich, ach ja, Vivaldi, die musste hier aus der Nähe gekommen sein. Du musst gar nicht lange suchen, hatte Keller gesagt, und er hatte meistens Recht.

Zum Goldenen Wok stand auf dem Gebäude. Muss wohl ein asiatisches Lokal sein. Aber ob hier ein Kostümball der besseren Gesellschaft stattgefunden hatte? Petersen hegte seine Zweifel. Trotzdem inspizierte er das Gebäude, aber alle Türen waren verschlossen, und auch sonst fand er keinen Hinweis auf ein solches Fest.

Blieb noch das Schiff. *Euro City* stand in großen, blauen Buchstaben auf dem blütenweißen Bug. Bis zum Heck waren es bestimmt über hundert Meter. An der Stelle, an der normalerweise die Boote des unter dem *Goldenen Wok* beheimateten Rudervereins ins Wasser gelassen wurden, ging ein massiver Landungssteg zum Schiff. Über den wollte Petersen gerade hinüber laufen, als er von der Brücke herab angerufen wurde.

„Das ist privat, Unbefugte haben keinen Zutritt!"

Petersen blinzelte nach oben und holte seinen Dienstausweis aus der Tasche. Dort stand ein richtiger Kapitän mit Uniform und Mütze. Er dachte, dass es so etwas nur noch im Fernsehen gibt, wie in dieser albernen Traumschiffserie.

„Kriminalobermeister Petersen, Kripo Frankfurt, ich hätte ein paar Fragen. Sind Sie der Kapitän?", fragte er dann noch überflüssiger Weise.

„Ja, Kapitän Niemeyer von der *MS Euro City*. Um was geht´s?"

„Das würde ich ihnen ja gerne sagen, aber nicht auf diese Entfernung."

„Meinetwegen, kommen Sie an Bord. Gleich vor Ihrer Nase ist der Aufgang zur Brücke."

Als Petersen über die schmale Treppe die Brücke erreicht hatte, kam Kapitän Niemeyer ohne Vorrede gleich zur Sache.

„Erstens habe ich nicht viel Zeit. Wir müssen klar Schiff machen, denn morgen müssen wir schon in Bonn ankern. Zweitens hat niemand von meiner Crew irgendetwas verbrochen, also was wollen Sie?"

41

„Ich habe auch niemanden beschuldigt. Ich sammele nur Informationen. Vergangene Nacht wurde dort oben, nur einen Steinwurf entfernt von hier, ein Mord begangen ....“

„Und was haben wir damit zu tun?“ unterbrach ihn Niemeyer sofort.

„Die Person, die ermordet wurde, war auf dem Weg von oder zu einem Kostümball.“

„Na und? Wir haben Fasching. Solche Bälle gibt es doch an jeder Ecke. Ich verstehe noch immer nicht, was Ihre Fragen bezwecken sollen.“

„Ganz einfach, diese Person war nicht für einen gewöhnlichen Ball gekleidet, und auf ihrem Schiff hier fand doch gestern ein Kostümfest statt, oder?“ fragte er einfach mal ins Blaue.

Kapitän Niemeyer rieb sich das Kinn.

„Das war eine private Veranstaltung. Das hat damit nichts zu tun.“

„Und was, wenn die ermordete Person auf ihrer Gästeliste stand? Ich denke, es ist besser zu kooperieren. Anderenfalls könnte ich ihren Kahn von der Flusspolizei an die Leine legen lassen. Dann können Sie für Bonn schon einmal eine Vertretung suchen.“

Niemeyer sah ihn wütend an, wusste aber dass er beigeben musste.

„Was wollen Sie wissen?“

„War die Veranstaltung, die gestern auf Ihrem

Schiff stattfand, ein Kostümball?"

„Ja. Aber ein privater, da konnte nicht einfach jeder kommen."

„Ich nehme an, das Schiff wurde speziell für diesen Anlass von jemandem gechartert. Ich würde gerne wissen von wem."

„Das geht Sie nichts an."

„Herr Niemeyer, ich bekomme es doch sowieso heraus. Wenn für solch ein Schiff extra ein Liegeplatz eingerichtet wurde, muss es dafür einen Antrag geben. Sie könnten mir etwas Zeit ersparen."

„Also gut. Der Bankier *von Rosenheim* hat das Schiff gechartert und den Liegeplatz einrichten lassen. War für Ihn kein Problem die Genehmigung zu bekommen. Er hätte das Schiff ja lieber vor seiner Villa, dort vorne in Höchst, stehen gehabt, aber diese Plätze waren alle schon vergeben. Die nächst mögliche Stelle war also hier."

„Aha, und wer stand auf der Gästeliste?"

„Alles was hier in Wirtschaft und Politik Rang und Namen hat."

„Dann hätte ich gerne diese Liste."

„Das geht nun wirklich nicht."

„Doch, ich glaube schon. Denken Sie nur an Bonn."

„Sie Bastard!" platze der Kapitän heraus, doch Petersen überhörte dies geflissentlich.

„Wenn es Sie beruhigt, wir behandeln die Liste mit äußerster Diskretion."

Niemeyer war aufgestanden.

„Kommen Sie mit", brummte er und verließ die Brücke.

In seiner Kajüte entnahm er einer Schublade ein paar Blätter und drückte sie Petersen in die Hand.

„War´s das jetzt endlich?"

„Vorerst ja, oder nicht ganz, wo wir gerade dabei sind, ich hätte gerne auch eine Liste ihrer Besatzung. Dann sind Sie mich los."

***

Als Petersen kurz danach zufrieden das Schiff verließ, spürte er noch immer den bösen Blick des Kapitäns im Rücken. Wenn Blicke töten könnten …

***

Kommissar Keller stand nur mit Boxershorts und T-Shirt bekleidet in seiner kleinen Küche und bereitete sich einen Kaffee. An weiteren Schlaf war nicht zu denken. Zu tief saß der Schlag von vergangener Nacht. Er hatte sich fest vorgenommen, sich über solche Boshaftigkeiten seines Vorgesetzten nicht mehr aufzuregen, aber es war doch immer wieder wie ein Schlag in die Magengrube. Auch wenn er es niemals zeigen würde, litt er doch wie ein Hund. Es wurde wirklich Zeit in Pension zu gehen. Die obligatorische Feier aber, konnten sie sich in den Allerwertesten schieben. Er würde ihr zumindest fernbleiben, und sich alleine besaufen. Aber eines würde er nicht tun, freiwillig auch nur einen einzigen Tag früher das Dezernat von seiner Anwesenheit erlösen, selbst wenn sie ihm gar nichts mehr zu tun gaben. Notfalls würde er halt an seinem Schreibtisch sitzen und ein gutes Buch lesen.

Mitten in seine düsteren Betrachtungen hinein klingelte das Telefon. Es war Petersen.

„Guten Morgen Chef. Ich habe gehofft, dass Sie schon auf sind."

„Ich weiß nicht, was an diesem Morgen gut sein soll. Was gibt es denn?"

„Erstens hatten Sie wieder einmal Recht, und zweitens habe ich eine kleine Überraschung, die selbst Ihre Laune wieder etwas aufbessern dürfte."

„Wieso? Ist das Präsidium explodiert und unser allseits geliebter Chef gleich mit?"

„Nein, das nun nicht gerade, aber ich dachte wir treffen uns, noch bevor wir den Wirt und den Maler befragen. Dafür dürfte es noch zu früh sein."

„Ich dachte Liebeneiner übernimmt ab heute?"

„Der hat sich noch nicht gemeldet, also dachte ich wir sammeln noch für uns ein paar Informationen. Wer weiß, für was das noch nützlich sein kann."

„Gut, dann komm gleich zu mir. Du weißt ja wo ich wohne."

***

„Komm rein, ich hab uns noch einen Kaffee gemacht. Ich denke, du kannst einen brauchen."

Keller ging voraus in sein Wohn- und Arbeitszimmer, raffte seine Klamotten zusammen, die er in der Nacht einfach achtlos hier liegen gelassen hatte und warf sie ins Schlafzimmer.

„Setz dich. Was hast du denn nun spannendes ausgegraben?"

„Als erstes hatten Sie Recht, was den Kostümball angeht", rief Petersen Keller hinterher, der in die Küche gegangen war, um den Kaffee zu holen.

„Dann erzähl mal der Reihe nach", nuschelte Keller, der sich gerade eine Zigarette zwischen die Lippen geschoben hatte.

„Am Tatort hörten Sie doch Musik und meinten, dass ich nicht lange nach dem Ort des Kostümballs suchen müsste. Also bin ich heute Morgen früh los, um danach zu suchen. Es kamen nur zwei Lokalitäten in Frage: ein asiatisches Lokal …"

„*Der Goldene Wok*, der scheidet aber aus."

„Ach, den kennen Sie? Ja, das dachte ich mir auch, aber davor, dort wo der Ruderverein seinen Anlegesteg hat, lag ein riesiges Ausflugsschiff mit einer Sondergenehmigung. Nachdem ich den Kapitän freundlich gebeten hatte, hat er mir erzählt, dass dort ein privates Kostümfest stattfand. Ein Bankier namens Rosenheim hatte den Kahn gechartert, und die Gästeliste liest sich wie das *Who is Who* aus Wirtschaft und Politik."

„Und du hast natürlich auch eine Gästeliste bekommen."

„Klar Chef. Und raten Sie mal wen ich auf dieser Liste gefunden habe?"

„Wahrscheinlich das gesamte Stadtparlament, den Polizeipräsidenten und alles was genügend Geld hat, um sich in diesem Dunstkreis zu bewegen."

„Und den hier."

Petersen hielt Keller die Liste vor die Nase und tippte mit einem Finger auf einen der Namen.

Keller pfiff durch die Zähne.

„Sieh an. Was hat der denn da verloren? Ich bin gespannt was er dazu sagt. Sehr gut gemacht, mein Junge, sehr gut."

Das war das höchste Lob, das man von Keller bekommen konnte und Petersen, der das wusste, war dementsprechend stolz.

„Trink deinen Kaffee aus, wir fahren nach Nied und befragen den Wirt und den Maler, solange wir das noch offiziell können. Ich fahre mit dir und laufe später zurück."

„Das ist aber ein ganzes Stück, Chef."

„Höchstens eine Stunde, das schaffe ich schon noch - und wenn nicht, gibt es ja die Straßenbahn."

***

Als sie an der Nidda Brücke nach rechts in die Oeserstraße einbogen, tauchten plötzlich maskierte Kinder auf und spannten schleunigst einen Strang aus Luftschlangen quer über die Straße. Petersen hielt fluchend an.

„Was soll das denn jetzt? Denen werde ich etwas erzählen."

Doch Keller lachte nur und hielt ihn am Arm fest.

„Kennst du das nicht mehr? Die wollen Faschingszoll. Wir haben das früher auch schon so gemacht. Zu meiner Zeit hatten die Autofahrer in diesen Tagen immer eine Tüte mit Bonbons dabei, und wenn sie angehalten wurden, gaben sie den Kindern eine Hand voll davon, und die Straße war wieder frei."

Mittlerweile pressten sich von beiden Seiten fragende Kindergesichter gegen die Autoscheiben, und hinter ihnen hupte und schimpfte der wütende Fahrer eines Lieferwagens.

„Und was ist, wenn man keine Bonbons dabei hat?" fragte Petersen nun etwas hilflos.

„Dann gibt man ihnen Kleingeld. Ist ihnen heute wahrscheinlich sogar lieber."

Beide kramten in ihren Taschen nach ein paar Cent Stücken, ließen die Scheiben herunter und legten sie in die verklebten, schmutzigen Kinderhände, die ihnen entgegengestreckt wurden. Einige der Kinder stoben johlend davon, nur der Junge auf Kellers Seite nicht. Er starrte missmutig auf die fünfzig Cent in seiner Hand.

„Is das alles Mann? Damit kriegsu nischma zwei Kippen an Kiosk."

Diese Reaktion hatte selbst Keller nicht erwartet.

„Gib Gas!" raunzte er Petersen an und schloss das Fenster. Petersen fuhr los und zerriss dabei die Luftschlangen, was eine wütende Schimpfkanonade auslöste. Im Rückspiegel sah er noch die ihnen nachgestreckten Mittelfinger. Der Fahrer des Lieferwagens nutzte die Gelegenheit und fuhr laut hupend durch die brüllende Schar von … ja von was? Waren das noch Kinder? Keller hatte da jetzt seine Zweifel.

„Wenn das unsere Zukunft ist, dann gute Nacht Deutschland. Zwischen denen und den Liebeneiners muss es doch noch etwas Normales geben."

***

Das Lokal hatte zwar noch geschlossen, aber der Wirt war schon mit den Vorbereitungen für den Abend beschäftigt. Er ließ die beiden Beamten durch die Hintertür eintreten und bat sie im Gastraum Platz zu nehmen.

Ja, er hatte gegen halb zwölf geschlossen und Volkmann war der Letzte, der das Lokal verließ. Die anderen beiden Gäste, die sich zu dieser Zeit noch im

Gastraum befanden, waren Gäste des Hotels und sind dann auch gleich nach oben. Volkmann habe wieder seine üblichen Reden über die Kunst des Proletariats gehalten, und einige Leute hätten ihm ein Bier ausgegeben, damit er den Mund hält. Bei ihm stehe Volkmann übrigens auch mit über hundert Euro in der Kreide. Sonst war ihm nichts weiter aufgefallen.

Keller bedankte sich und verließ mit Petersen das Lokal.

„So, nun zu unserem Künstler. Die Lotzstraße ist ja gleich dort drüben."

Haus für Haus studierten sie die Namensschilder der Briefkästen, bis sie fündig wurden. Nach mehrmaligem Läuten wurde die Tür geöffnet und sie stiegen das schön gestaltete, alte Treppenhaus nach oben. Volkmann wohnte im obersten Stockwerk. Die Türe war nur angelehnt. Keller rief zweimal seinen Namen, erhielt aber keine Antwort. Vorsichtig betraten sie die Mansardenwohnung durch einen schmalen Flur, an dessen Ende sich ein großer, heller Raum auftat. Hier fanden sie den Maler. Er saß, bekleidet mit dicken Wollsocken, einer verbeulten Jogginghose und einem verschmierten T-Shirt, in der Mitte des Raums, der ihm wohl als Atelier diente, auf einem runden Schemel und starrte auf eine Staffelei. Um die Schultern hatte er eine Wolldecke gewickelt, die auch schon bessere Tage erlebt hatte. Da fiel Keller auf, wie kalt es in dieser Wohnung war. So kalt, dass er glaubte, seinen eigenen Atem sehen zu können.

„Da Sie wohl kaum hier sind, um ein Bild zu kaufen, sind Sie bestimmt wegen ihr gekommen", hörten sie Volkmanns Stimme plötzlich sagen.

Keller trat neben die Staffelei. Was er dort sah, ließ ihn in Ehrfurcht erstarren. Volkmann hatte eine Kohlezeichnung der maskierten Gestalt angefertigt, so lebendig, so perfekt, als würde sie jeden Moment von der Staffelei herabsteigen. Die fließenden Formen ihres Umhangs, den Faltenwurf, hätte selbst ein Tizian nicht besser malen können.

„Sie wissen es schon?"

Volkmann grinste ihn an.

„Nied ist ein Dorf, ein Mikrokosmos, hier weiß jeder alles und hier erfährt jeder alles. Hier weiß sogar jeder, wo ich bei der letzten Wahl mein Kreuz gemacht habe. Ich nehme an, Sie sind von der Polizei. Was kann ich denn für Sie tun?"

„Ein fantastisches Bild. Sie müssen sie ja genau gesehen haben."

„Danke, dafür kann ich aber weder Miete noch Heizung bezahlen. Volkmanns leerer Blick wanderte an Keller vorbei zum Fenster. Sie tauchte aus dem Nichts auf. Ich sah sie nur einige Sekunden, aber das reichte, um mir dieses Bild einzuprägen. Es hat mich einfach fasziniert. Ich habe mich noch in der Nacht daran gemacht es zu malen."

„Gehen wir nochmal Schritt für Schritt diesen Moment durch. Wo waren Sie genau, als Sie diese Frau sahen?"

„Ich stand genau vor der *Waldlust*. Der Wirt hatte gerade geschlossen und ich wollte mir eine Zigarette anstecken – Sie haben nicht zufällig eine dabei?"

Keller reichte ihm sein Päckchen.

„Oh, danke. Sogar meine Marke. Sie werden mir immer sympathischer Herr Inspektor oder Kommissar oder was Sie sind."

„Ich heiße Keller. Das reicht. Sie wollten sich also gerade eine Zigarette anstecken."

„Ja, und da war sie plötzlich. Wie aus dem Nichts."

„Um welche Uhrzeit war das?"

„Keine Ahnung. Fragen Sie den Wirt, der wird's wissen, wann er geschlossen hat."

„Und wo genau war sie?"

„Na, wie ich schon sagte, genau gegenüber. Ich war so weggetreten von dem Anblick, dass ich mir sogar noch die Finger an dem Streichholz verbrannt habe."

„Und wo kam sie her, und wo ging sie hin?"

„Sie kam wohl von links und ging nach rechts. Der verdammte Nebel hat sie verschluckt."

„Und wo ist links, und wo ist rechts?"

„Entschuldigung, das war aus meiner Sicht. Sie muss aus Richtung der Unterführung gekommen sein und ging in Richtung Alt Nied."

„Hatte sie es eilig?"

„Es sah so aus."

„Was haben Sie dann gemacht?"

„Ich hab die Straße überquert und bin nach Hause gegangen."

„Ist Ihnen jemand begegnet?"

„Ja, wo Sie jetzt fragen, da war vorne an der nächsten Ecke eine Frau hier aus der Nachbarschaft mit ihrem Hund. Ich bin bald über diesen blöden Köter gestolpert."

„Herzlichen Dank, Herr Volkmann. Sie haben uns sehr geholfen."

Als er sich gerade zum Gehen wenden wollte, fiel Keller noch etwas ein.

„Sagen Sie Herr Volkmann, hätten Sie etwas dagegen, wenn ich von diesem Bild ein paar Kopien machen würde. Dann hätten wir es eventuell leichter, die Herkunft der Frau zu ermitteln. Ich würde persönlich für das Bild garantieren."

Volkmann sah ihn mit einer gewissen Traurigkeit im Blick an.

„Warum nicht? Dann ist es wenigstens für etwas gut. Aber bringen Sie es mir bitte wieder. Ach, und passen Sie auf. Es ist zwar mit Firnis überzogen, aber noch nicht durchgetrocknet. "

„Versprochen. Nochmals vielen Dank!"

Keller wickelte das Bild in ein Tuch, das Volkmann ihm reichte.

„Übrigens, es kann sein, dass demnächst noch andere Polizisten kommen und Fragen stellen. Wir dürfen diesen Fall dann offiziell nicht mehr weiter bearbeiten."

Volkmann grinste ihn an.

„Verstehe. Keine Sorge."

***

Am frühen Nachmittag war es dann soweit. Das Telefon auf Kellers Schreibtisch klingelte und auf dem Display stand *KHK Liebeneiner* zu lesen. Keller ließ es absichtlich noch weitere dreimal klingeln, bevor er abhob.

„Keller", seine Stimme klang so gelangweilt, als hätte er nicht gesehen wer ihn da anruft.

„Ja mein Gott Keller, wo stecken Sie denn? Ich versuche schon die ganze Zeit Sie zu erreichen", meldete sich, künstlich erregt, die arrogante, nasale Stimme von Peter Liebeneiner, der nun auch schon die Wortwahl ihres gemeinsamen Vorgesetzten kopierte. Offenbar sah er sich schon auf dessen Stuhl.

„Das kann nicht sein, da ich seit zwei Stunden hier sitze und den Bericht für Sie geschrieben habe.

Davor war ich unterwegs und habe Ihre Arbeit gemacht, nämlich in einem Mordfall ermittelt, den Sie seit heute Morgen bearbeiten sollten, und mit dem ich nichts mehr zu tun habe, Herr Kollege."

Dieses *Herr Kollege* war Gift für Liebeneiner, sah er sich selbst doch über allen schweben und Keller fragte sich, woher dieser Mann dieses übersteigerte Selbstbewusstsein nahm. Ihm selbst wäre wohl schlecht geworden wenn er, ausgestattet mit so wenig Fachkompetenz, einen solchen Fall zugewiesen bekommen hätte.

„Wie dem auch sei, bringen Sie mir bitte alle Informationen, die Sie haben. Gleich."

Das letzte Wort entbehrte nicht einer gewissen Schärfe, war aber Keller völlig egal. Er packte alles, was für Liebeneiner bestimmt war, in einen großen, braunen Umschlag, und schlenderte gemütlich zu dessen Büro. Dort hielt er sich gar nicht erst mit Anklopfen auf, sondern ging einfach hinein. Der völlig überraschte Hauptkommissar versuchte noch verzweifelt so zu tun, als wäre er mit etwas beschäftigt, aber da sein Schreibtisch leer und blank poliert war, scheiterte dieses Unterfangen kläglich.

„Können Sie nicht anklopfen?"

„Tut mir leid, hatte die Hände voll."

Damit ließ er den braunen Umschlag auf den Schreibtisch fallen.

„Steht alles drin."

Keller konnte sehen, wie es in Liebeneiner brodelte und wie er mit sich kämpfte, um, zumindest äußerlich, Ruhe zu bewahren.

„Nehmen Sie doch bitte einen Moment Platz. Ich würde gerne alles direkt aus Ihrem Munde hören. Dann kann sich der Gesamteindruck vor meinem geistigen Auge besser entwickeln. Sie verstehen?"

„Vor seinem geistigen Auge! Dass ich nicht lache", dachte Keller, und nahm vor dem Schreibtisch Platz. Dann erzählte er in knappen Worten, was sich alles zugetragen hatte. Nur die Polaroids und Volkmanns Bild erwähnte er mit keinem Ton. Liebeneiner hatte sich zurückgelehnt und die Fingerspitzen an beide Schläfen gedrückt, als empfinge er gerade eine Eingebung.

„Das arme Ding kam wahrscheinlich gerade von einem Maskenball. Die finden ja zurzeit in jeder Turnhalle statt. Und irgendein Betrunkener hat ihr dann aufgelauert."

„Wie dämlich kann man denn sein?" dachte Keller. Eben hatte er noch erklärt, dass der Mord mit einer extrem scharfen Langwaffe verübt wurde, und jetzt behauptet dieser Mensch, ein Besoffener hätte sie umgebracht. Der hätte sie höchstens mit einer abgebrochenen Flasche massakriert.

„Nein, so war es nicht."

Liebeneiner war sichtlich überrascht.

„Wie meinen Sie das?"

„Sie war auf dem Weg von oder zu einem Kostümball der besseren Gesellschaft. Zu einem Ball, wie er auf dem Schiff stattfand, dass mit einer Sondergenehmigung vor dem Ruderverein vor Anker lag. Zu dem Ball, auf dessen Gästeliste Ihr Name auftaucht. So ein Zufall, nicht wahr?"

In Kellers Stimme lag, unüberhörbar, ein ironischer Unterton. „Sie brauchen also nur in diesem Umfeld zu suchen, und werden Ihren Mörder finden. Vielleicht stehen ja beide auf der Gästeliste – Opfer und Täter."

Liebeneiner war rot angelaufen und kleine, glitzernde Schweißperlchen hatten sich unterhalb seines Haaransatzes gebildet. Aber der Moment seiner Unsicherheit währte nicht lange, dann war er wieder der Souverän.

„Ja, ich war auf dem Ball. Ich habe schließlich gesellschaftliche Verpflichtungen. Außerdem hatte ich eine persönliche Einladung des Gastgebers."

„Darf man fragen, als was Sie dort aufgetreten sind, ich meine, in welchem Kostüm?"

„Ich ging als Aramis, das ist …"

„… einer der drei Musketiere", unterbrach ihn Keller, „ich habe auch Dumas gelesen. Das war doch der mit dem Seidentüchlein, wenn ich mich recht entsinne."

„Es war der am besten situierte der Drei, wenn Sie das meinen. Zu Ihnen würde ja eher Portos passen."

Keller ignorierte die Anspielung, erhob sich und wandte sich zur Tür.

„Dann viel Erfolg, Herr Kollege."

***

„Wäre interessant zu wissen, in welcher Beziehung Liebeneiner zu dem Gastgeber des Balles steht", dachte Keller, als er zurück in sein Büro ging. Dort nahm er den Hörer und rief im Labor an.

Er hatte das Bild seinem Kollegen Kolbe im Labor gegeben, einem der wenigen im ganzen Präsidium, denen er überhaupt noch vertrauen konnte. Max Kolbe war ein erstklassiger Forensiker. Ohne seine, teils unglaublichen Ergebnisse, hätte Keller in der Vergangenheit so manchen Fall nicht zu einem erfolgreichen Abschluss bringen können. Im Laufe der Jahre hatte sich eine echte und tiefe Freundschaft entwickelt und Kolbe unterstützte Keller wie und wo er nur konnte.

Kolbe wollte ihm einige verkleinerte Kopien anfertigen, die er nun abholen konnte. Da er Petersen nirgendwo finden konnte, machte er sich alleine auf den Weg.

5

Keller bog in die Lotzstraße ein und fand direkt vor dem Haus, in dem Volkmann wohnte, einen Parkplatz.

„Das ging aber flott", begrüßte ihn der Maler, „ich bin auch eben erst gekommen und mache mir gerade einen Kaffee, möchten Sie auch einen?"

„Ja, gerne."

„Stellen Sie das Bild einfach irgendwo hin und suchen Sie sich eine Sitzgelegenheit."

Keller stellte das Gemälde vorsichtig auf die Staffelei, dann sah er sich um. Im hinteren Bereich des Zimmers stand ein verschlissenes Ledersofa, auf dem er sich niederließ.

Kurz darauf erschien Volkmann wieder, mit zwei abgestoßenen Keramikbechern in der Hand.

„Ist leider nur löslicher Kaffee, aber mit etwas Milch und Zucker kann man ihn trinken."

Keller nahm seinen Becher entgegen. Ringsum war am Rand die Glasur abgeplatzt. Wieso kann sich solch ein Talent nicht einmal ein paar anständige Tassen leisten, während andere mit nichts einen

Haufen Geld verdienen? Für Keller war das wieder ein Beweis, für die Ungerechtigkeit dieser Welt.

„Danke. Möchten Sie?"

Er hielt Volkmann sein Zigarettenpäckchen hin.

„Gerne, danke. Meine sind gerade aus. Nun rücken Sie schon mit der Sprache raus. Sie machen doch nicht nur einen Freundschaftsbesuch, oder?"

„Eigentlich wollte ich Ihnen nur das Bild wiederbringen, aber kurz bevor ich hier in die Straße einbog, fiel mir etwas auf, was einfach nicht zu Ihrer Aussage passt."

Volkmann sah ihn erstaunt an.

„So, was denn? Ich habe Ihnen alles so geschildert, wie es meine Erinnerung zuließ."

„Sie sagten doch, dass Sie auf dem Heimweg fast über einen Hund gestolpert wären, und zwar an der Ecke Oeserstraße/Sauerstraße. Die Besitzerin des Hundes hat das auch bestätigt."

„Ja, das stimmt ja auch. Wo ist denn das Problem?"

„Sie sagten auch, dass Sie, nachdem die Gestalt verschwunden war, die Straße überquert hätten, und dann nach Hause gegangen wären."

„Richtig, aber ich kann Ihnen noch immer nicht ganz folgen."

„Das will ich Ihnen erklären. Wenn Sie vor der *Waldlust* die Oeserstraße überqueren, müssen Sie, um nach Hause zu gelangen, sich nach links wenden. Die Sauerstraße, wo Sie über den Hund gestolpert sind, liegt aber viel weiter rechts. Sie können also, wenn Sie, wie Sie sagten, direkt nach Hause gegangen sind, gar nicht an der Einmündung der Sauerstraße vorbeigekommen sein. Wie erklären Sie sich das?"

Volkmann sah ihn einen Moment lang verdutzt an. Dann rieb er sich das unrasierte Kinn.

„Da haben Sie wohl recht, Herr Kommissar. Die einzige Erklärung, die ich hätte, wäre, dass ich intuitiv der Gestalt noch ein paar Schritte gefolgt bin, da sie mich so fasziniert hatte. Aber ich kann mich beim besten Willen nicht mehr daran erinnern. Jetzt bin ich wohl verdächtig, oder?"

„Nein, bei mir jedenfalls nicht, da Ihre Erklärung mir einleuchtet. Außerdem würde es nicht in den zeitlichen Rahmen passen. Aber ich bearbeite, wie gesagt, den Fall nicht mehr, jedenfalls nicht offiziell, und der Hauptkommissar, der jetzt zuständig ist, stört sich nicht an solchen Kleinigkeiten. Deshalb seien Sie gewarnt."

Keller wandte sich zu gehen.

„Und lassen Sie das Bild vorläufig verschwinden."

„Danke, ich hoffe wir sehen uns noch. Es gefällt mir, mich mit Ihnen zu unterhalten. Sie sind nicht so wie diese Spießer da draußen."

***

Als Keller auf der Straße stand, fühlte er die neugierigen Blicke einer älteren Frau auf sich ruhen, die ihn, die Arme auf einem Kissen verschränkt, von einem Fenster im Erdgeschoss des gegenüber liegenden Hauses aus beobachtete. „Der entgeht bestimmt nichts", dachte er.

Es zog ihn noch einmal in die *Waldlust*, denn eigentlich kannte er von Volkmann nur das, was er selbst gesehen hatte, und das gefiel ihm, aber er wollte sich ein unvoreingenommenes Bild machen. Und dazu musste er noch ein wenig mehr über den Mann erfahren, denn so unverdächtig, wie er es eben gesagt hatte, ist er nicht. Er war schließlich der Letzte, der die Frau lebend gesehen hatte, außer natürlich dem Mörder, wenn er es nicht selbst war.

Er glaubte es zwar nicht, aber das war unerheblich. Wenn Liebeneiner dieses kleine Detail mit den fehlenden Sekunden in der Erinnerung des Malers herausfand, würde er ihn direkt wie eine Trophäe präsentieren.

***

Im Lokal war noch nicht so viel Betrieb, und so konnte sich Keller in Ruhe mit dem Wirt unterhalten. Er bestellte sich erst einmal ein Bier.

„Sagen Sie, was ist Volkmann eigentlich für ein Typ?"

Der Wirt stellte das Glas vor Keller auf den blank

polierten Tresen.

„Zum Wohl. Na ja, was soll ich sagen? Er ist nicht gerade einer meiner liebsten Gäste."

„Warum?"

Der Wirt wischte mit einem frischen Lappen ein paar Wasserspritzer von der Spüle.

„Warum? Weil er immer pleite ist und fast nie seine Zeche bezahlt, darum. Wenn alle Gäste so wären, hätte ich schon lange schließen müssen."

„Aber Sie schenken ihm trotzdem weiter aus."

„Ja, er tut mir irgendwie auch leid. Manchmal, wenn er ein Bild verkauft hat, zahlt er seinen Deckel auf einmal. Das können dann schon einhundert Euro oder mehr sein. Dann kommt wieder wochenlang nichts. Die Stammgäste geben ihm auch ab und zu ein Bier aus. Meistens, damit er die Klappe hält."

„Klären Sie mich auf."

„Nun, wenn er ein paar Bier intus hat, fängt er mit seinen politischen Reden an. Die Kunst des Proletariats und so. Das kann ziemlich auf die Nerven gehen. Hat er etwas zu trinken, ist er erst einmal ruhig."

Keller nahm einen Schluck.

„Ist er gewalttätig, oder sonst irgendwie unangenehm aufgefallen?"

„Nein, nie. Wenn er gewalttätig geworden wäre, hätte er Hausverbot. Nein, eigentlich ist es ein netter Kerl. Er hält sich für einen großen Künstler. Ich verstehe zwar nichts davon, aber die Bilder hier sind ganz gut, oder?"

Keller sah sich in der Gaststube um. Die Bilder waren ihm beim ersten Besuch nicht aufgefallen.

„Damit hat er manchmal seine Rechnung beglichen, wenn er nichts verkaufen konnte. Wie gesagt, er tat mir leid und da habe ich halt die Bilder genommen."

„Vielleicht haben Sie bald ein Vermögen hier hängen", meinte Keller, zahlte sein Bier und verabschiedete sich.

***

Hauptkommissar Liebeneiner hatte, nachdem er Kellers Bericht gehört hatte, eine Sonderkommission zusammengestellt. Sie bestand aus zwei Kolleginnen und zwei Kollegen, denn eine Parität der Geschlechter macht sich gut im Bild der Öffentlichkeit, und eine gute Außendarstellung, das hatte er früh gelernt, ist für die Karriere fast wichtiger als der Erfolg.

Diese *Soko Nied* hatte sich nun im Besprechungsraum versammelt und Hauptkommissar Liebeneiner stand vor einer Tafel, auf die eine vergrößerte Straßenkarte von Alt Nied projiziert wurde.

„Meine Damen, meine Herrn, in der vergangenen Nacht wurde hier auf einer Treppe, zwischen Wörthspitze und Nidda Brücke, eine Frau äußerst brutal ermordet."

Mit dem blauen Punkt eines Laserpointers kreiste er auf der Karte die Stelle ein.

„Sie konnte, da sie keine Papiere bei sich trug, bis jetzt noch nicht identifiziert werden. Sicher scheint mir, dass sie auf dem Heimweg von einem Maskenball gewesen sein musste."

„Entschuldigung", unterbrach ihn eine der beiden Polizistinnen, "wie kommen Sie zu dieser Vermutung?"

„Ganz einfach, Frau Dreyer, richtig?" gab sich Liebeneiner gönnerhaft, „Sie war maskiert."

Höfliches Gelächter bei den anderen Anwesenden, doch die junge Beamtin gab noch nicht auf.

„Aber sie könnte, trotz der späten Stunde, auch auf dem Weg *zu* einer Veranstaltung gewesen sein."

„Also gut, wenn es Sie beruhigt, sie war auf dem Weg von oder zu einem Maskenball. Können wir nun fortfahren?"

„Weiß man denn schon wo sie war, oder wo sie hingehen wollte?"

„Das übernehme ich", erwiderte Liebeneiner genervt, „obwohl das nicht mehr wichtig erscheint, denn wir haben möglicherweise schon einen höchst Verdächtigen ermittelt. Kommissar Keller, der demnächst aus dem Dienst scheidet, hat, da ich unabkömmlich war, das Material zusammengetragen. Ich habe es dann heute ausgewertet und folgenden Ablauf ermittelt. Um halb zwölf schließt das Lokal *Zur Waldlust* in der Oeserstraße – hier."

Der blaue Punkt wandert auf der Karte entlang nach rechts.

„Der letzte Gast, der das Lokal verlässt, ist ein gewisser Andreas Volkmann. Er schimpft sich Künstler, ist aber eher einer dieser Bohemiens, die sich mit richtiger Arbeit nicht anfreunden können. Außerdem scheint er noch Kommunist zu sein, denn er soll im Lokal über proletarische Kunst referiert haben. Nach Aussage mehrerer Zeugen war er betrunken. Er selbst sagte aus, dass er die Person, die später ermordet wurde, auf der gegenüberliegenden Straßenseite gesehen hat, wie sie in diese Richtung ging."

Der blaue Punkt wanderte wieder zurück.

„Dann habe er die Straße überquert und sei nach Hause gegangen."

Kriminalhauptmeisterin Dreyer unterbrach ihn abermals.

„Die Tatsache, dass er ein verarmter Künstler ist, oder eine linke politische Gesinnung, machen ihn doch noch nicht automatisch zum Verdächtigen."

Liebeneiner sah sie durchdringend an.

„Frau Dreyer, ich wäre Ihnen sehr verbunden, wenn Sie mich nicht dauernd unterbrechen würden. Ich leite hier die Ermittlungen, und Schlussfolgerungen überlassen Sie bitte mir, verstanden? Außerdem wissen wir ja wohl alle, was wir von solchen Typen zu halten haben", erwiderte er dann ungehalten.

„Machen wir weiter und kommen zu einem Detail, welches der verehrte Kommissar Keller wohl übersehen hat, dass mir aber sofort aufgefallen ist."

Er stand auf und stellte sich vor die Tafel.

„Eine Zeugin, die auch später die Tote fand, sagte aus, dass sie mit diesem Volkmann fast zusammenstieß, und zwar an der Ecke Oeserstraße/Sauerstraße – genau hier."

Diesmal nahm er seinen Zeigefinger und tippte auf die entsprechende Stelle der Karte.

„Die *Waldlust* liegt hier und Volkmann wohnt hier in dieser Straße. Wenn er also, wie er aussagte, nach dem Verlassen des Lokals, die Oeserstraße überquerte und nach Hause ging, kann er gar nicht mit der Zeugin kollidiert sein ..."

Liebeneiner´s Stimme nahm einen triumphierenden Unterton an.

„... es sei denn, er kam aus der Richtung, wo der Mord geschah. Das sind höchstens dreihundert bis dreihundertfünfzig Meter. Dies sind wohl genug Verdachtsmomente. Ich möchte, dass Sie unverzüglich vor Ort gehen, alles genau überprüfen, vermessen und skizzieren. Auch die Zeitlichen Abläufe müssen überprüft werden. Sehen Sie sich auch den Tatort noch einmal genau an. Vielleicht wurde dort ja etwas übersehen. Dann rufen Sie mich sofort an. An die Arbeit."

Claudia Dreyer blieb noch einige Sekunden unschlüssig stehen.

„Meinen Sie nicht ..."

„Frau Dreyer, wenn Ihnen meine Ermittlungsführung nicht passt, kann ich Sie jederzeit ablösen. Ob das aber so gut für Ihre Karriere ist, wage ich zu bezweifeln. Also?"

Resigniert drehte sich die junge Beamtin um und folgte ihren Kollegen.

***

Keller überlegte, ob er gleich ins Büro fahren sollte, verspürte aber wenig Lust dazu. So entschied er, einen kleinen Spaziergang zum Mainufer zu machen. Auf der gegenüberliegenden Straßenseite erkannte er ein paar junge Kollegen, die mit Lasermessgeräten und Skizzenblöcken hin und her wuselten. Er musste schmunzeln. Liebeneiner machte wieder einmal großes Theater.

Von der Plattform des ehemaligen Ehrenmals sah er Main abwärts. Trotz der Kälte trainierte in der Dämmerung noch ein Doppelzweier. Sonst zogen nur ein paar Möwen schreiend ihre Kreise. Dunst zog langsam die Böschung hinauf. Es würde bestimmt wieder neblig werden. Das Wetter passte zu seiner Stimmung. Irgendwie fühlte er sich alt und verbraucht, zu nichts mehr nutze, und nun stand in Kürze seine Pensionierung an. Was kam dann? Keller wischte die düsteren Gedanken beiseite und stellte den Kragen seines alten Trenchcoats auf, um sich wenigstens einigermaßen vor dem feucht kalten Wind zu schützen. Dann kramte er ein zerknäultes Päckchen Roth Händle aus der Tasche und steckte sich eine an.

„Man müsste mehr über die feine Gesellschaft auf dem Kostümball und ihren Gastgeber herausfinden", dachte er, und klappte geräuschvoll sein Sturmfeuerzeug zu. „Na, vielleicht weiß Petersen schon etwas."

Langsam machte er sich auf dem Weg zu seinem Wagen. Die Frau am Fenster war verschwunden, aber die Gardine bewegte sich, als er einstieg.

„Die weiß bestimmt alles, was in dieser Straße vorgeht. Vielleicht haben wir ja Glück und es gibt noch ein paar von dieser Sorte. Dann könnte sich jemand an die Gestalt erinnern. Aber was mache ich mir Gedanken, ich bin ja raus aus dem Spiel. Soll Liebeneiner doch sehen, wie er klar kommt."

***

Ein Streifenwagen raste mit Blaulicht und Sirene die Oeserstraße entlang. Ihm folgte ein schwarzer Porsche, auf dessen Dach ebenfalls ein Blaulicht blinkte. Beide bogen in halsbrecherischer Geschwindigkeit in die Lotzstraße ein. Dort wurden sie schon von den vier Kollegen der *Soko Nied* erwartet. Hauptkommissar Liebeneiner stieg geschmeidig aus seinem Sportwagen und hängte lässig seinen gefütterten Burberry über die Schultern.

„Hier in diesem Haus, ganz oben, Chef", machte Kriminalhauptmeister Tobias Meißner Meldung.

„Ist er zu Hause?"

„Keine Ahnung. Wir wollten auf Sie warten, bevor wir hoch gehen."

„Gut gemacht Meißner. Also dann los."

Mit gezogenen Waffen betraten sie das Haus und stiegen langsam nach oben. Die beiden Polizisten aus dem Streifenwagen vorneweg, gefolgt von den vier jungen Beamten der Soko. Liebeneiner bildete in einigem Abstand den Schluss.

Die Tür des Malers war nur angelehnt. Einer der Polizisten drückte auf den Klingelknopf. Ein scheußlicher, schriller Ton war zu hören, aber sonst keine Reaktion. Er drückte ein zweites Mal, diesmal etwas länger. Da vernahmen sie Schritte und alle hoben ihre Waffen.

„Ist doch offen, verdammt."

Volkmann erschien in der Tür und blickte in sechs Pistolenläufe. Erstaunt sah er in die Runde und kratzte sich auf seinem, mit Farbe verschmierten Unterhemd.

„Uups, ist der dritte Weltkrieg ausgebrochen und

ich hab´s nicht mitbekommen?"

Nachdem von dem Maler offensichtlich keine Gefahr ausging, war auch Liebeneiner nach oben gegangen und baute sich nun vor Volkmann auf.

„Sind Sie Herr Volkmann? Andreas Volkmann?"

„Sicher, steht ja an der Tür. Und wer sind Sie?"

„Hauptkommissar Liebeneiner, Morddezernat. Sie sind vorläufig unter Mordverdacht festgenommen. Meißner, lesen Sie ihm seine Rechte vor. Die anderen durchsuchen die Wohnung."

„Hey, was soll das? Ich habe niemanden umgebracht. Haben Sie überhaupt einen … wie heißt das?"

„Sie meinen einen Durchsuchungsbescheid. In diesem Fall benötige ich keinen."

„Faschistenschwein!" Volkmann spuckte vor Liebeneiner aus. Direkt vor seine blank polierten, handgearbeiteten Schuhe.

„Abführen!"

Als die Polizisten den Maler in den Streifenwagen schoben, bewegte sich auf der gegenüber liegenden Straßenseite eine Gardine, hinter der ein neugieriges Augenpaar die Szenerie aufmerksam verfolgte.

6

Keller hatte das dringende Bedürfnis verspürt, seinen Frust zu ertränken, und so hatte er noch am Abend *seinen* Italiener aufgesucht um sich ein paar Grappa zu genehmigen, wovon er Sodbrennen bekam, das er mit einigen *Ramazotti* bekämpfen wollte. Entsprechend fühlte er sich nun, als das verdammte Telefon ihn aus dem Schlaf riss.

„Morgen Chef", meldete sich Petersen aufgeregt.

„Was willst du mitten in der Nacht?"

„Erstens ist es gleich neun Uhr und zweitens hat Liebeneiner gestern Abend den Maler verhaftet."

Keller kratzte sich am Hinterkopf.

„Na ja, das war zu erwarten. Er hat wohl den kleinen Widerspruch in Volkmanns Aussage bemerkt."

„Das auch, aber es kommt noch besser, seine Soko hat in der Nähe des Tatorts ein Stück Stoff gefunden, an dem sich Blutspuren befanden."

„Und was hat das mit Volkmann zu tun?"

„Liebeneiner behauptet, dass dieses Stück Stoff mit einem Tuch übereinstimmt, das sie in seiner

72

Wohnung gefunden hätten, und er nach dem Mord seine Waffe damit abgewischt hat."

„Was? Das kann doch nicht sein. Die Spurensicherung hat doch alles gründlich abgesucht."

„Er schiebt jetzt dieses Versäumnis, wie er es nennt, uns in die Schuhe. Wir hätten nicht gründlich genug vorgearbeitet."

„Dieses Arschloch! Ich bin gleich da."

Eine knappe Stunde später saß Keller mit Petersen in seinem Büro.

„Tu mir doch bitte einen Gefallen, und besorg mir ein Mettbrötchen mit Zwiebeln und einen starken Kaffee, danke. Ich werde in der Zwischenzeit mal im Labor anrufen."

„Es ist Sonntag, Chef."

„Oh, aber was machst du dann hier?"

„Ich wollte nur sehen, was Liebeneiner treibt, und es hat sich ja auch gelohnt."

„Na gut, irgendeiner wird ja wohl Dienst haben."

***

Als Petersen wieder erschien, stand Keller nachdenklich neben seinem Schreibtisch und hielt noch immer den Hörer in der Hand.

„Hier Chef, Brötchen und Kaffee. Ist was?"

„Wie?"

Keller registrierte erst jetzt, dass sein Assistent vor ihm stand.

„Ach so, danke, stell´s einfach hier ab. Das Labor hat bestätigt, dass das Blut auf dem Lappen, den sie gefunden haben, einwandfrei von der Toten stammt, und sie bestätigen Liebeneiners Aussage, dass möglicherweise die Waffe daran abgewischt wurde. Sie suchen nun nach Metallpartikeln, die diese These untermauern. Verdammt, wieso haben wir das Tuch nicht gefunden? Das kann man doch nicht so einfach übersehen."

Keller kaute verdrossen auf seinem Brötchen herum, es mochte ihm nicht mehr schmecken. Auch der Kaffee half nicht, seine Katerstimmung zu vertreiben.

„Haben die eigentlich die Tatwaffe gefunden?"

„Nein, nur das Tuch."

„Dann geh doch mal ins Labor, Petersen, und versuche Abzüge der Tatortfotos zu bekommen. Da wurde doch jeder Winkel durchsucht und fotografiert. Dann versuchst du herauszufinden, wo Liebeneiners Leute das Ding fanden."

„Und dann?"

„Dann fahren wir beide nochmal dort hin. Irgendetwas passt da nicht zusammen und ich will herausfinden, was es ist."

***

„Gab es Probleme?" fragte Keller, als sie auf der Miquelallee in Richtung Messe fuhren.

„Nö, eigentlich nicht. Anfänglich haben sie sich

geziert, aber als ich sagte, dass Hauptkommissar Liebeneiner die Unterlagen benötigt, bekam ich alles, was ich wollte."

Keller musste laut lachen.

„Wenn der das erfährt, sind wir beide unseren Job los, das ist dir doch klar, oder?"

„Dann machen wir beide eben eine Jazz Kneipe auf."

Keller sah seinen Assistenten erstaunt an, doch der tat so, wäre nichts gewesen.

„Woher weißt du, dass ich Jazz mag?"

„Ich arbeite schon einige Jahre mit Ihnen, da merkt man so etwas halt auch", grinste Petersen, „was hören Sie denn am liebsten?"

„Gibt es also doch etwas, was du nicht weißt. Das beruhigt mich."

Eine Weile sagte keiner etwas. Als sie das Senckenberg Museum passierten, brach Keller das Schweigen.

„Charlie Parker."

„Wie?"

„Ich höre gerne Charlie Parker."

„*The Bird*, den höre ich auch gerne."

„Oh, du kennst dich aus. Und Wes Montgomery, sein Gitarrenspiel ist unerreicht. Und du?"

„Was meinen Sie?"

„Was hörst du?"

„Also ehrlich gesagt, habe ich von Jazz überhaupt keine Ahnung."

Keller sah ihn von der Seite an.

„Und *The Bird*?"

„Kenne ich nur aus dem gleichnamigen Film von Clint Eastwood."

***

Petersen parkte den Wagen neben dem ehemaligen Nieder Rathaus und stellte das Blaulicht auf das Armaturenbrett, damit kein übereifriger Kollege auf die Idee kam, ihnen einen Strafzettel zu verpassen. Dann zog er ein großformatiges Hochglanzfoto aus einem Umschlag.

„Das ist die Stelle, wo sie das Stück Stoff fanden. Es muss gleich dort unten sein."

Langsam stiegen sie die Treppe hinunter und verglichen Meter für Meter des Buschwerks, mit dem auf der Fotografie.

„Hier, das müsste die Stelle sein", rief Petersen auf einmal.

„Zeig mal das Foto. Stimmt, hier ist es; direkt gegenüber der Kindertagesstätte."

„Das ist doch pervers."

„Oder Kalkül."

Petersen sah Keller etwas irritiert an.

„Wie meinen Sie das?"

„Gib mal die Fotos, die in der Tatnacht gemacht

wurden."

Keller sah sich ein Bild nach dem anderen sehr genau an.

„Dachte ich es mir doch", er hielt seinem Assistenten ein Foto unter die Nase, „die gleiche Stelle und fast das gleiche Bild. Hätte das Tuch hier gelegen, hätten unsere Jungs es auch gefunden. Ergo hat es nicht hier gelegen. Warum um alles in der Welt, kommt der Täter am nächsten Tag wieder hierher zurück und versteckt das Tuch ausgerechnet an dieser Stelle? Er hätte es doch einfach nach dem Mord in den Main werfen können. Es wäre mit größter Wahrscheinlichkeit nie wieder aufgetaucht."

„Sagen Sie es mir."

„Es sollte gefunden werden. Wenn Liebeneiners Leute es nicht gefunden hätten, wäre es mit ziemlicher Sicherheit spätestens morgen entdeckt worden, wenn die Kita wieder aufmacht. Gut gewählter Platz. Nicht so offensichtlich wie zum Beispiel ein Mülleimer, aber Kinder sind neugierig …"

„Und nun?"

„Fahr nach Hause, es ist immer noch Sonntag und es ist nicht unser Fall."

„Und Sie, Chef?"

„Ich gehe noch etwas spazieren. Wir sehen uns morgen. Wenn es dir langweilig sein sollte, kannst du ja mal versuchen, etwas über den Gastgeber des

Kostümballs und seine Gäste herauszufinden."

***

Keller schlenderte am Main entlang. Er hatte den Kragen aufgestellt und die Hände in den Taschen seines Mantels vergraben. Außer ein paar Radfahrern begegnete ihm keine Menschenseele. So trostlos wie das Wetter und die kahlen Bäume war zurzeit auch sein Gefühlsleben. Einerseits freute er sich auf die bevorstehende Pensionierung, andererseits machte sie ihm Angst. Es war weniger die Angst, dass es ihm langweilig werden könnte, nein, er hätte genug zu tun, könnte endlich Museen und Konzerte besuchen und sich seinen Hobbys, der Malerei und der Fotografie widmen, es war eher die Angst vor dem Ungewissen. Wie oft hatte er in letzter Zeit die Todesanzeigen ehemaliger Kollegen im Schaukasten des Präsidiums gelesen. Kollegen, die gerade einmal vor ein oder zwei Jahren in Pension gegangen waren. Ärgerlich schüttelte er diese düsteren Gedanken ab und setzte seinen Weg fort. Über eine kleine Brücke gelangte er zur Amtsgasse in Höchst und fand sich gleich darauf in der Bolongarostraße wieder.

Eine Gruppe Jugendlicher kam ihm entgegen und rempelte ihn im Vorbeigehen an.

„Hey Alder, hassu´n Problem?"

„In welcher Zeit leben wir bloß?" dachte er traurig, „Eine Jugend, die vor nichts mehr Respekt hat, und die sich nicht einmal mehr artikulieren kann."

Er sah an der Fassade des Bolongaropalastes hoch. Welch ein Kontrast, solch ein prachtvolles Gebäude in einer so heruntergekommenen Straße. Ein Stück weiter westlich, auf Höhe des Höchster Schlosses, wurde es dann etwas freundlicher. Im Schaufenster einer winzigen Buchhandlung sah Keller die Ankündigung einer Autorenlesung, und notierte sich das Datum. Er schlenderte durch die umliegenden, kleinen Gassen, mit ihren hübschen, alten Häusern.

„Höchst hat also auch schöne Seiten", dachte er, „warum werden sie nur versteckt?"

In Nied war es ähnlich. Als er aus dem Fenster in Volkmanns Wohnung auf die roten Dächer und grünen Hinterhöfe sah, konnte er sich durchaus vorstellen, dass dieser Ausblick bei schönem, sonnigem Wetter etwas mediterranes Flair hatte. Fuhr man aber durch die Straße Alt Nied, glaubte dies kein Mensch.

An der Haltestelle Zuckschwerdtstraße, auch solch einer städtebaulichen Entgleisung, setzte er sich in die Straßenbahn und fuhr nach Hause.

***

Hauptkommissar Liebeneiner betrat den Verhörraum. Bis auf einen Tisch und zwei Stühle, die in der Mitte standen, war der Raum leer. Auf einem der Stühle saß, die Hände noch in Handschellen gelegt, Andreas Volkmann. Liebeneiner gab dem Polizisten, der neben der Türe stand, ein Zeichen, den Raum zu verlassen, dann setzte er sich Volkmann gegenüber.

„Ah, unser Hercule Poirot ist da", begrüßte ihn der Maler, „haben die kleinen, grauen Zellen ihm jetzt gesagt, dass er den Falschen eingelocht hat?"

Volkmann´s Stimme triefte vor Sarkasmus.

„Ihnen wird das Lachen noch vergehen."

Liebeneiner schaltete das Aufzeichnungsgerät ein.

„Das Verhör wird fortgesetzt um vierzehn Uhr dreißig."

„Darf ich nun rauchen?"

„Nein!"

„Dann sage ich eben gar nichts mehr."

Liebeneiner kratzte sich am Hinterkopf. Wie sollte er mit diesem Mann umgehen? Er hatte keinerlei Erfahrung, war aber keinesfalls gewillt sich diese Blöße zu geben. Volkmann bemerkte diese Unsicherheit sofort und lehnte sich grinsend zurück.

„Meinetwegen."

Volkmann angelte umständlich mit seinen gefesselten Händen seine Zigaretten und ein Streichholzbriefchen aus der Brusttasche seines Jeanshemdes und steckte sich eine an. Zufrieden blies er den Rauch gegen die grell leuchtende Lampe über dem Tisch.

„Was kann ich für Sie tun, Herr Kommissar?"

„Hauptkommissar. Am besten, Sie sagen endlich

die Wahrheit."

„Aber das tue ich ja die ganze Zeit, es will mir nur niemand glauben."

„Ich meinte die Wahrheit und nicht Ihre Märchen."

Volkmann drückte seine Zigarette im Aschenbecher aus, beugte sich nach vorne und fixierte sein Gegenüber.

„Die Frage, ob dem menschlichen Denken gegenständliche Wahrheit zukomme, ist keine Frage der Theorie, sondern eine praktische Frage. In der Praxis muss der Mensch die Wahrheit, Wirklichkeit und Macht, Diesseitigkeit seines Denkens beweisen. Der Streit über die Wirklichkeit oder Nichtwirklichkeit des Denkens, das von der Praxis isoliert ist, ist eine rein scholastische Frage."

Zufrieden registrierte er den verdutzten Gesichtsausdruck Liebeneiners.

„Ist nicht von mir. Das hat der olle Marx in seinen Thesen über Feuerbach geschrieben. Aber so etwas lesen der Herr ja nicht – sollten Sie aber. Marx ist aktueller denn je."

Liebeneiner hatte seine Fassung, zumindest teilweise, wiedergewonnen.

„Das ist wohl nicht der richtige Ort für kommunistische Philosophien."

„Die Philosophen haben die Welt nur verschieden

interpretiert, es kommt darauf an, sie zu verändern. Daran arbeite ich."

Liebeneiner war von der rhetorischen Gewandtheit seines Gegenübers sichtlich überrascht.

„Warum haben Sie die Frau umgebracht?"

„Wie ich schon mehrfach sagte, ich habe niemanden umgebracht. Sie haben den Falschen."

Liebeneiner resignierte. Aus diesem Mann würde er so schnell kein Geständnis herauspressen können. Er würde sich nur auf die Indizien stützen müssen.

„Das Verhör wird beendet um vierzehn Uhr einundvierzig."

Er stoppte das Aufzeichnungsgerät.

„Ich werde Sie noch weichkochen, verlassen Sie sich darauf."

„Wollen Sie mich foltern? Ich dachte, die Inquisition wäre schon lange abgeschafft."

7

Werner von Rosenheim saß am Kopfende eines riesigen Esstisches aus poliertem Kirschbaum und frühstückte. Das heißt, eigentlich war er in das Studium der *Financial Times* vertieft. Ab und zu griff er, ohne den Blick von der Zeitung zu nehmen, nach seiner Kaffeetasse und trank einen Schluck, oder er knabberte an einem trockenen Croissant. Seine Frau Marianne und Tochter Dorothea saßen zwar am gleichen Tisch aber schon in gehöriger Entfernung. Während Marianne von Rosenheim in der Zeitung die Tagesaktualitäten überflog, war Tochter Dorothea intensiv mit dem Studium eines Hochzeitsmagazins beschäftigt.

„Mama, ist das Kleid hier nicht himmlisch?"

„Ja, mein Kind", erwiderte ihre Mutter, ohne den Blick von ihrer Zeitung zu wenden.

„Du siehst ja gar nicht hin, und außerdem sag bitte nicht immer mein Kind, ich bin immerhin fast dreißig."

„Ist gut, mein Kind."

„Nie hörst du mir zu", jammerte Dorothea, und

vertiefte sich wieder in ihr Magazin. „Ich werde bald heiraten, und du bekommst es nicht mit."

„Wir werden die amerikanischen Pakete wohl mit Verlust abstoßen müssen, bevor es zu spät ist", brummte Werner von Rosenheim hinter seiner Zeitung und nahm noch einen Schluck Kaffee.

Eine große, knochige Frau mittleren Alters erschien im Speisezimmer und setzte ein Tablett geräuschvoll auf dem Tisch ab, was ihr die missbilligenden Blicke der Frau des Hauses einbrachte.

„Kann ich jetzt abräumen?" fragte sie in einem leichten osteuropäischen Akzent.

„Nein, Frau Blasic, wie sie sehen, sind wir noch beim Frühstück", erwiderte Frau von Rosenheim etwas ungehalten.

„Dann wird es aber knapp mit meiner Zeit."

„Frau Blasic, wir haben Sie als Haushälterin eingestellt, und da gehört das mit zu Ihren Aufgaben. Außerdem frühstücken wir ja nicht den ganzen Tag."

„Wie Sie meinen."

Sie drehte sich beleidigt um und schlurfte hinaus.

„Werner, das geht so nicht mehr weiter, hörst du? Seit Gerlindes Tod ist das nun schon die fünfte Haushälterin, die du eingestellt hast, und keine taugte etwas."

„Ja Liebes", brummte er, ohne den Blick von seiner Zeitung zu nehmen, „dann wirf sie hinaus und du stellst die Nächste selbst ein. Du wirst sehen, dass es heute zu Tage nicht mehr so einfach ist, anständiges Personal zu bekommen."

„Du bist ja den ganzen Tag in deiner Bank und bekommst das Desaster nicht mit. Ich habe ihr schon ein Dutzend Mal gesagt, sie möge das Tablett nicht auf den Tisch knallen, sie tut es trotzdem. Und wie peinlich das ist, wenn Gäste kommen, kann ich dir gar nicht beschreiben. Ihr fehlen einfach die Grundprinzipien des guten Benehmens, und artikulieren kann sie sich auch nicht."

Da sie von ihrem Mann keine Reaktion darauf verspürte, vertiefte sie sich wieder in die Lektüre der Tageszeitung.

„Mama, wie findest du dies hier?"

Dorothea hielt wieder ihr Hochglanzmagazin in die Höhe.

„Werner!" rief ihre Mutter in diesem Moment aus, „Hast du das schon gehört?"

Werner von Rosenheim fixierte seine Frau über den Rand seiner Lesebrille hinweg.

„Was denn um Himmelswillen?"

„Niemand hört mir zu", jammerte Dorothea und warf die Zeitschrift auf den Tisch, wovon ihre Eltern aber keine Notiz nahmen.

„Eine junge Frau wurde ermordet aufgefunden."

„Das ist zwar schlimm, aber das steht doch fast

jeden Tag in der Zeitung."

„Ja, aber der Mord geschah in der Nacht, in der wir unser Kostümfest hatten, und dann noch ganz in der Nähe unseres Schiffs."

„Das ist betrüblich, aber glücklicherweise haben wir davon nichts mitbekommen."

„Hier steht, dass die Frau kostümiert war, und die Polizei vermutet, dass sie sich auf dem Weg von oder zu einem Kostümfest befunden haben muss. Hoffentlich gehörte sie nicht zu unseren Gästen."

Werner von Rosenheim legte seine Zeitung zusammen und nahm die Brille ab.

„Das will ich nicht hoffen. Steht da auch ein Name des Opfers?"

„Nein, sie wurde noch nicht identifiziert."

„Ich werde gleich mal mit Wieland reden. Er hatte die Einlasskontrolle. Er wird wissen, ob jemand von der Gästeliste gefehlt hat. Wenn dem so wäre, würden wir sicher bald Besuch von der Polizei bekommen, und das kann ich nicht brauchen. Wer leitet denn die Ermittlungen?"

„Warte, hier steht´s", Erleichterung machte sich auf ihrem Gesicht breit, „Peter hat den Fall übernommen und er hat sogar schon einen Verdächtigen verhaftet."

„Na, dann brauchen wir uns ja keine Gedanken zu machen. Wer war es denn?"

„Ein Maler. Andreas Volkmann."

„Verdammt! Von ihm habe ich gelegentlich Bilder gekauft und ihn gefördert. Ich werde auch mit Peter reden müssen. Er wird uns da heraus halten."

„Ist das nicht toll?", meldete sich Dorothea zu Wort.

Ihre Eltern sahen sie verständnislos an.

„Was ist daran so toll?"

„Na Peter, dass er den Fall in so kurzer Zeit aufklären konnte."

„Mein liebes Kind, erstens ist der Fall noch nicht aufgeklärt, sondern es handelt sich lediglich um die Festnahme eines Verdächtigen, und zweitens wäre es mir lieber, wenn Peter einen anständigen Beruf ausüben würde. So, ich fahre jetzt zur Bank."

„Was hat er denn immer?" fragte Dorothea ihre Mutter, nachdem ihr Vater gegangen war.

„Du weißt doch, er hätte ihn lieber in der Bank gesehen."

***

„´Morgen Chef."

Petersen saß schon gut gelaunt mit einer Tasse Kaffee im Büro, als Keller eintrat.

„´Morgen Petersen. Was machst du denn schon hier?"

„Was heißt hier schon? Es ist gleich zehn Uhr. Möchten Sie auch einen Kaffee? Ich habe gerade welchen gemacht."

„Ja, danke. Gibt es etwas Neues?"

„Ich habe mich ein wenig umgehört und etwas über den Gastgeber des Kostümballs erfahren. Wird Ihnen gefallen."

„Verdammt, ist der Kaffee heiß!" fluchte Keller, „Dann erzähl´ mal. Was hast du herausgefunden?"

„Der Gastgeber war ein gewisser Werner von Rosenheim. Ein Privatbankier. Die Bank ist seit über einhundertzwanzig Jahren im Familienbesitz und gilt als sehr seriös."

„Sind die alle, bis man hinter die Fassaden guckt", brummte Keller.

„Er ist seit sechsunddreißig Jahren mit Frau Marianne verheiratet und hat eine Tochter – Dorothea, neunundzwanzig. Sie wohnen in einer alten Villa oder Herrenhaus in Höchst, direkt unten am Mainberg. Das ist sein Elternhaus. Er hat noch eine Luxusvilla in Königstein. Dort wohnen auch seine Eltern, Johann von Rosenheim und Frau Susanne."

„Die müssen ja steinalt sein."

„Er ist vierundachtzig und sie ein Jahr jünger. Wie ich hörte, sollen sie aber noch sehr rüstig sein. Sie standen übrigens auch auf der Gästeliste."

„Und was soll mir jetzt daran gefallen haben?"

„Kommt noch. Dorothea von Rosenheim wird wohl demnächst Liebeneiner heißen."

Petersen kostete diesen Moment aus, als er in das völlig verdutzte Gesicht seines Chefs blickte.

„Ist nicht wahr. Dann verstehe ich so einiges. Gut gemacht mein Junge. Wie ich den kenne, heißt er dann eher *von Rosenheim*."

Keller stellte seinen Kaffeebecher ab und versank einen Moment ins Grübeln.

„Was machen wir jetzt?" fragte Petersen nach einer Weile.

„Du versuchst noch mehr über diesen Bankier herauszufinden. Irgendwie habe ich das Gefühl, dass uns eine Spur dorthin führen wird, aber frage mich bitte nicht warum. Ich könnte es dir nicht sagen."

„Und was machen Sie?"

„Ich fahre wieder nach Nied und werde mein Glück mit der Kopie von Volkmanns Zeichnung versuchen. Vielleicht hat ja jemand die Frau gesehen."

***

Keller parkte seinen alten Renault auf dem Parkplatz des Nieder Friedhofs. Weiter unten, jenseits der Unterführung, brauchte er nicht weiter fragen. Dort wurde die maskierte Frau nur von dem Maler lebend und von dieser Vera Breuninger tot gesehen, also würde er sich jetzt diesen Abschnitt der Oeserstraße bis zur Eisenbahnschranke vornehmen. Gleich an der Bushaltestelle sah er zwei junge Kerle, vielleicht sechszehn oder siebzehn Jahre alt, die mit einem grell geschminkten, jungen Mädchen lautstark diskutierten. Obwohl es empfindlich kalt war, hatte sie nur ein kurzes Jäckchen an, das eine Handbreit ihres Bauches frei ließ.

„Die ist doch höchstens zwölf", dachte Keller beim Näherkommen, „hoffentlich wird sie einmal so alt, wie sie jetzt schon aussieht."

Die beiden Jungen hatten ihn bemerkt, und sahen ihn feindselig an.

„Gucksu?" schnauzte ihn der größere der beiden an und baute sich vor ihm auf.

Keller zog die Fotokopie aus der Tasche und hielt sie ihnen hin.

„Habt ihr zufällig diese Person hier schon einmal gesehen?"

„Mann, willsu misch verarschen, oder was?"

„Keineswegs junger Mann", erwiderte Keller ruhig und zeigte seinen Dienstausweis.

Der hatte jedoch so viel Wirkung, wie ein Schnakenstich bei einem Elefanten. Sie drehten sich einfach um und ließen ihn stehen.

„Fick disch, Mann!" rief einer der beiden ihm noch nach, als sie die Straße überquerten, spuckte aus und zeigte ihm den ausgestreckten Mittelfinger. Das Mädchen lachte dümmlich dazu.

„Mein Gott", dachte Keller betrübt, „wer hat die nur aus dem Käfig gelassen. Die sollen später für unsere Rente sorgen? Kaum vorstellbar."

Er hielt einen Moment inne und dachte an seine Jugendzeit zurück. Sicher, er benahm sich damals auch nicht gerade so, wie es den Erwachsenen genehm war. Seine Mutter hatte ihn einmal mit einem Joint erwischt und bei einer Demonstration wurde er zur Feststellung der Personalien kurzzeitig auf einem Polizeirevier festgehalten, aber seine Generation hatte damals trotzdem in gewisser Weise Respekt. Respekt, der großen Teilen der heutigen Jugend abhandengekommen schien.

Haus für Haus klapperte er ab, ohne Erfolg. Müde lehnte er sich an die geschlossene Schranke. Eine Rangierlok rauschte vorbei, und blies ihm den eiskalten Fahrtwind ins Gesicht. Als die Schranke sich wieder öffnete, wurde Keller gewahr, dass in der kleinen Baracke auf der anderen Seite, ein Schrankenwärter saß. Eigentlich dachte er, dieser Beruf sei längst ausgestorben und die Schranken würden von irgendeiner Zentralstelle aus gesteuert.

Da ja auch nachts Züge fuhren, war das Häuschen bestimmt auch lange besetzt. Keller schöpfte wieder Hoffnung. Wenn diese maskierte Gestalt hier vorbeikam, ist sie dem Schrankenwärter mit Sicherheit aufgefallen. Er überquerte die Gleise und betrat den kleinen Raum.

„Guten Tag, mein Name ist Keller, Kripo Frankfurt. Ich hätte eine Frage."

Der Mann sah ihn erstaunt an.

„Was gibt´s? Ich hab´ nicht viel Zeit. Gleich kommt hier der Regio und ein Güterzug durch."

„Ich will Sie nicht lange aufhalten. Haben Sie zufällig diese Person Freitagnacht hier gesehen?"

Keller hielt ihm das Bild vor die Nase und erwartete eigentlich schon das obligatorische *nein, nie gesehen*. Der Mann sah sich das Bild einen Moment lang intensiv an und kratzte sich dabei seinen fast kahlen Schädel.

„Ja, ich denke schon. Doch, sicher, die hab ich gesehen."

Keller atmete vor Erleichterung tief durch. Endlich kam Bewegung in die Sache. Nicht zu vergessen, den Vorsprung, den sie nun vor Liebeneiner hatten.

„Wissen Sie noch genau wann und wo das war?"

„Sicher. Am Freitag nach Dienstschluss bin ich mit ein paar Kumpels da hinten in der Kneipe noch was trinken gewesen."

„Wo hinten?", unterbrach ihn Keller.

„Na hier, ein paar Häuser weiter", dabei zeigte er mit dem Daumen über die Schulter, "und als wir dann nach Hause wollten, damit es keinen Stress mit den Frauen gibt, haben wir sie gesehen."

„Können Sie das vielleicht noch etwas genauer beschreiben?"

„Ja, also der Rudi und ich sind gerade zur Tür raus und standen auf der Treppe. Wir wollten uns noch eine Zigarette anstecken, da hab´ ich sie gesehen. Sie lief an der Tankstelle da vorne vorbei. Ich kann mich deshalb so gut daran erinnern, weil sie zu uns rüber gesehen hat. Sie hatte diese komische Maske auf, wie hier auf dem Bild."

„Wissen Sie noch wann das war? Ich meine um welche Uhrzeit?"

„Hm, das muss so kurz nach elf, halb zwölf gewesen sein. Genau weiß ich das nicht mehr."

„Und ihr Kumpel, der Rudi, hat er sie auch gesehen?"

„Klar, der hat sogar behauptet, er würde sie kennen. Sie würde bei ihm gegenüber wohnen. Hab´ ich ihm aber nicht geglaubt."

Keller konnte sein Glück kaum fassen. Sollte es ihm tatsächlich gelingen, die ermordete so einfach zu identifizieren?

„Ich muss der Sache trotzdem nachgehen und ihn fragen. Können Sie mir seine Adresse geben?"

„Der wohnt da hinten *Am Selzerbrunnen*. Hausnummer weiß ich nicht, aber fragen Sie nach Fischer, Rudolf Fischer. Den kennt da jeder."

„Und wo ist der *Selzerbrunnen*?"

„Da hinten in der Eisenbahnersiedlung", wieder zeigte er mit dem Daumen über die Schulter, „wenn

Sie die Oeser Richtung Rebstock fahren, links, die braunen Häuser. Warum wollen Sie denn das alles wissen? Hat das was mit dem Mord da vorne tun? Stand heute in der Zeitung."

„Bei dem Mann bestand die ganze Welt offensichtlich nur aus *da vorne* oder *da hinten*", dachte Keller amüsiert.

„Könnte sein, haben Sie vielen Dank für Ihre Unterstützung."

Er notierte sich noch Name und Anschrift des Schrankenwärters, trat wieder ins Freie, blickte die Oeserstraße hinauf und überlegte, was nun näher ist, der Parkplatz, auf dem sein Wagen stand, oder die Eisenbahnersiedlung.

Als Keller sich dem Bahnübergang zuwandte, wurde gerade die Schranke wieder geschlossen, und ein nicht enden wollender Güterzug ratterte vorbei.

***

„Hübsche Häuser", dachte er, als er ein paar Minuten später in die Straße *Am Selzerbrunnen* einbog, „alles so friedlich, sauber und freundlich. Fast wie in einer Filmkulisse."

Er parkte den alten Renault am Straßenrand und stieg aus. Da niemand zu sehen war, musste er wohl oder übel Haus für Haus abklappern, in der Hoffnung, den Namen Fischer zu finden. Doch gleich beim zweiten hatte er Glück – R. Fischer stand auf dem Klingelschild. Nach dem dritten Läuten öffnete sich die Tür und im Erdgeschoss empfing ihn eine verhärmt aussehende Frau mittleren Alters, die in einen zu großen, rosafarbenen Bademantel gewickelt war, der auch schon bessere Zeiten gesehen hatte.

„Sie führt bestimmt kein leichtes Leben", dachte Keller, denn es hatte reichlich Spuren in ihrem blassen, wohl ehemals hübschen Gesicht hinterlassen.

„Frau Fischer?"

„Ja."

„Keller, Kripo Frankfurt. Darf ich Ihnen ein paar Fragen stellen?"

Die Frau erschrak.

„Ist was passiert? Ist was mit den Kindern?"

„Nein, nein Frau Fischer, nichts dergleichen. Ist Ihr Mann da?"

„Nein, der ist auf dem Arbeitsamt. Oh, kommen Sie doch bitte herein. Entschuldigen Sie meinen Aufzug, aber ich hatte Nachtdienst, und da schlafe ich morgens etwas länger. Ich bin Krankenschwester im Maingau - Krankenhaus."

„Dann habe ich Sie wohl geweckt, das tut mir sehr leid. Ich kann auch ein anders Mal wiederkommen."

„Nein, ist schon gut. Ich musste ja auch die Kinder für die Schule fertig machen."

„Ihr Mann ist arbeitslos?"

„Ja, schon sieben Monate. Er ist Dreher. Seine

Firma hat dicht gemacht. Er bekommt einfach keine neue Stelle. Ich fahre schon Sonderschichten, damit es reicht. Aber ich will Sie damit nicht langweilen. Sie sind ja nicht deswegen hier."

Verschämt wischte sie sich eine Träne aus dem Augenwinkel. „Arme, starke Frau", dachte Keller, „man kann nicht genug Respekt vor solchen Menschen haben, die so ihr Leben fristen müssen und dabei noch ihre Kinder großziehen."

Dann zog er das Bild aus der Tasche und legte es ihr hin.

„Haben Sie eventuell diese Person schon einmal gesehen? Womöglich hier?"

Sie nahm das Bild vom Tisch, sah es einen Moment lang an und legte es wieder hin.

„Ich denke schon. Die junge Frau von gegenüber hat so ein Kostüm."

„Sind Sie sicher?"

„Ziemlich. Letzte Woche, den Tag weiß ich nicht mehr, stand sie in diesem Aufzug am offenen Fenster und unterhielt sich mit jemandem. Da ist es mir aufgefallen. Es ist sehr hübsch, nicht wahr?"

„Ja", sagte Keller, und dachte, dass sie sicherlich auch gerne einmal mit einem solchen Kostüm eine Nacht durchtanzen würde, weit ab von ihren Sorgen und Nöten.

„Aber warum fragen Sie mich das alles? Und

wieso kommen Sie damit ausgerechnet zu mir?"

Er ignorierte vorerst ihre Fragen. Zuerst musste er Klarheit haben.

„Haben Sie auch einen Namen von dieser Frau?"

„Hm, Jahn, ich glaube Jahn heißt sie."

„Tja, Frau Fischer, Frau Jahn, wenn es sich dabei um sie handelt, wurde Freitagnacht ermordet."

Sie sah ihn fassungslos an. Ihr Gesicht war noch bleicher, als zuvor.

„Aber wieso? Ich meine, wann ist das passiert?", fragte sie nach einer Weile, „Sie war doch noch so jung."

Tränen schossen ihr in die Augen.

„Sie wurde Freitagnacht an der Wörthspitze ermordet aufgefunden. Sie trug dieses Kostüm."

Keller erhob sich.

„Bleiben Sie ruhig sitzen, ich finde hinaus. Vielen Dank, Sie haben mir sehr geholfen."

Er verließ die Wohnung und ging auf die andere Straßenseite. Beim gegenüberliegenden Haus fand er gleich neben dem untersten Klingelknopf den Namen P. Jahn. In diesem Moment kam eine ältere Frau aus der Haustüre und sah ihn neugierig an.

„Suche Sie wen?" fragte Sie in bestem Frankfurter Dialekt.

„Ich wollte zu Frau Jahn."

„Die is net da. Die hab isch schon lang net mer geseh´n. Was wolle Se dann von der?"

„Ich bin von der Polizei und müsste sie nur etwas fragen."

„So, was hat se dann aagestellt?"

Die Neugier der Frau wurde Keller zu viel.

„Nichts, nichts, nur Routine. Danke sehr."

Damit ließ er sie stehen und ging zu seinem Wagen. Die Frau starrte ihm noch eine Weile hinterher, also setzte er sich hinein und kramte sein Handy aus der Tasche.

„Petersen, versuche doch bitte etwas über eine P. Jahn, wohnhaft in Frankfurt - Nied, Am Selzerbrunnen, herauszufinden."

„Wer ist das?"

„Mit ziemlicher Sicherheit die maskierte Tote."

„Wie haben Sie das denn herausgefunden, Chef? Liebeneiner´s Soko hat noch nichts verlauten lassen."

„Ach, nur Glück und Zufall. Und das Bild von Volkmann."

Keller stieg wieder aus und ging zum Haus zurück. Die Eingangstüre war nur angelehnt. Er vergewisserte sich, dass die neugierige Nachbarin nicht in der Nähe war, und ging hinein. An der Wohnung im Erdgeschoss war ein hübsches, buntes Keramikschild angebracht, auf dem in künstlerisch verschnörkelten Buchstaben der Name Patrizia Jahn zu lesen war. Er wusste zwar, dass er die Wohnung auf keinen Fall betreten durfte, andererseits erhoffte er sich darin Anhaltspunkte über die Person der ihm nun namentlich bekannten Toten zu finden; ja vielleicht auch über das Motiv des Mordes, denn an einen Zufall glaubte er nicht. Vorhin hatte er nebenan das Schild eines Schlüsseldienstes gesehen, die könnte er ja mit der Öffnung der Wohnung beauftragen. Wenn aber Liebeneiner das heraus bekäme, und das würde er, davon war Keller überzeugt, dann hätte er die Dienstaufsicht am Hals.

„Scheiß drauf", brummte er, und drückte auf den Klingelknopf, um sich zu vergewissern, dass keiner zu Hause war. Als niemand öffnete, zog sein Besteck aus der Tasche und machte sich am Schloss zu schaffen. Schnell musste er feststellen, dass er aus der Übung war, und so dauerte es qualvoll lange vier Minuten, bis das Schloss nachgab. Zum Glück tauchte keiner der Hausbewohner auf. Schnell schlüpfte er in die Wohnung und schloss geräuschlos die Türe hinter sich. Die kleine Wohnung machte einen aufgeräumten, ordentlichen Eindruck. Im Flur und im Wohnraum hingen in einfachen Rahmen Kunstdrucke von Bildern, die allesamt der Wiener Secession zuzuordnen waren. Auf einem niedrigen Couchtisch stapelten sich Bücher über Malerei im Jugendstil und einige Standardwerke über Expressionismus. Auf einem kleinen Schreibtisch in der Ecke lag ein aufgeschlagener Bildband über Gustav Klimt. Die junge Dame muss sich ungemein für Kunst interessiert haben. Keller inspizierte die zahlreichen Bücherregale. Dort fanden sich neben weiteren Büchern über Malerei auch Fachbücher über Restaurierung von Kunstwerken und auch ein paar Kriminalromane. Er öffnete die Schreibtischschublade und leerte den Inhalt auf der Schreibplatte aus.

In der Hauptsache waren es Zeitungsartikel über Kunstausstellungen. Einige dieser Artikel waren schon reichlich verblichen und reichten bis in die fünfziger Jahre zurück. Eine schmale Dokumentenmappe erregte seine Aufmerksamkeit. Keller entfernte die Gummibänder und öffnete sie. Neben einem Lebenslauf und einigen Bewerbungsfotos, enthielt sie einen unterschriebenen Arbeitsvertrag mit dem Frankfurter Städel. Patrizia Jahn war Restaurateurin. Donnerwetter, daher die ganzen Bilder und Bücher über Kunst. Keller notierte sich alles und machte mit seiner Handykamera noch ein paar Fotos, in der Hoffnung, dass sie auch etwas wurden.

Er hatte so etwas noch nie vorher probiert. Für ihn war ein Telefon zum Telefonieren da. Vielleicht sollte er sich auf seine alten Tage doch noch einmal mit den Errungenschaften moderner Technik befassen.

Sorgsam legte er alles wieder an seinen Platz und ging ins Schlafzimmer. Auch hier wirkte alles aufgeräumt. Mit Grausen dachte er dabei an das Chaos in seinem Schlafgemach. Keller öffnete den Kleiderschrank. Die junge Frau besaß nicht viel, aber dafür ausgesuchte Kleidungsstücke.

In einem der Fächer, zwischen Pullovern und T-Shirts fand er eine grüne Box. Er nahm sie vorsichtig heraus und setzte sich damit auf das Bett. Als er sie öffnete, stieß er unwillkürlich einen Pfiff aus. Was er fand, würde hoffentlich viele seiner Fragen beantworten und er hatte das Gefühl, dass dies dem Fall eine völlig andere Wendung geben könnte.

8

Mai 1951

Susanne Müller verschloss die Tür der Galerie ihres Vaters und ließ das schwere Rollgitter vor dem Schaufenster herunter.

Sechs Jahre nach Kriegsende war der Wiederaufbau zwar in vollem Gange, aber die Narben des Krieges waren in der Stadt noch überall deutlich sichtbar.

Es war ein milder Abend, zu schade um gleich nach Hause zu gehen. Langsam schlenderte sie in Richtung Paulsplatz. Die Kriegswirren hatte sie unbeschadet in der Abgeschiedenheit eines bayrischen Dorfes überstanden, während ihr Bruder weniger Glück hatte und sich noch in russischer Gefangenschaft befand.

„Ein Kaffee wäre nicht schlecht", dachte sie und lenkte ihre Schritte in Richtung Hauptwache, wo das

Café Kranzler gerade wieder eröffnet hatte.

Ihre Eltern hatten den Krieg auch überlebt, aber irgendetwas musste vorgefallen sein, denn sie wurden von der gesamten Nachbarschaft angefeindet und gemieden. Ihr Vater wollte darüber nicht sprechen, hatte als Konsequenz das Haus in der Oeserstraße verkauft und ein anderes in Sachsenhausen erstanden.

Sie betrat das Café, dessen üppig ausgestatteter Innenraum fast völlig leer war. So kurz nach der Währungsreform hatten die meisten Leute eben noch kein Geld, um sich den Luxus eines Kaffees im *Kranzler* zu leisten. Bei ihr war das glücklicherweise anders. Die Galerie ging erstaunlich gut und entsprechend gut war das Gehalt, welches ihr Vater ihr zugestand.

Sie wählte einen Tisch am Fenster, um das Treiben in der Abenddämmerung rund um die Hauptwache, die sich gerade im Wiederaufbau befand, beobachten zu können, und bestellte sich ein Kännchen Kaffee.

Ihr Vater hatte ihr nie erzählt, woher er die ganzen Kunstwerke hatte, die jetzt ihren Wohlstand begründeten. Nur einmal hatte er erwähnt, dass er sie vor der Vernichtung durch die Nazis gerettet hätte. Aber im Grunde genommen war es ihr eigentlich egal. Es ging ihr gut, warum dann über Vergangenes nachdenken? Der Krieg war vorbei und sie wollte nur nach vorne schauen, ihr Leben endlich genießen.

Ein junger Mann, groß, schlank, mit perfekt sitzendem, dunkelgrauen Nadelstreifenanzug, betrat das Café, sah sich kurz um und nahm am Nachbartisch Platz. Susanne Müller wusste nicht, wie sie sich verhalten sollte. Einerseits war ihr die Nachbarschaft dieses gut aussehenden Mannes unangenehm, andererseits aber auch wieder nicht, im Gegenteil. Verschämt wandte sie sich etwas ab und sah aus dem Fenster, aber nicht so weit, dass sie ihn nicht hätte aus dem Augenwinkel beobachten können. Draußen war es mittlerweile dunkel geworden und sie stellte erschreckt fest, dass er sie via der Spiegelung in dem großen Fenster unverhohlen beobachtete. Vor Scham wäre sie am liebsten weggelaufen, doch sie blieb, und so konnte sie sehen, wie sich der Mann erhob, sich straffte und langsam auf ihren Tisch zukam. Sie wagte nicht aufzusehen, als er eine Verbeugung andeutete und sie ansprach.

„Gestatten, von Rosenheim, Johann von Rosenheim. Entschuldigen Sie bitte, ich möchte nicht aufdringlich sein, aber hätten Sie etwas dagegen, wenn ich Ihnen etwas Gesellschaft leiste?"

Sie war fasziniert von seinem Auftreten und seiner festen, sonoren Stimme. Langsam legte sie ihre Hemmungen ab.

„Nein, ich meine gerne, bitte, nehmen Sie doch

Platz", erwiderte sie noch etwas unsicher.

„Vielen Dank. In Gesellschaft schmeckt der Kaffee doch besser, nicht wahr? Darf ich Sie einladen?"

Sie fühlte, wie ihre Wangen erröteten, was ihr sehr peinlich war.

„Ich weiß nicht ..."

„Ich bitte Sie."

„Na gut, vielen Dank."

„Darf ich fragen, mit wem ich das Vergnügen habe?"

„Oh, bitte entschuldigen Sie. Wie unhöflich von mir. Ich heiße Susanne Müller."

In diesem Moment schämte sie sich ihres Namens. Müller, ein so trivialer, deutscher Name gegen den, eines *von Rosenheim*. Solch einen Namen würde sie auch gerne tragen, und stellte sich vor, wie sie in den großen Galerien Europas mit Frau von Rosenheim angesprochen würde.

„Sehr angenehm, Frau Müller."

„Fräulein, bitte."

Eine junge Frau in einem schwarzen Kleid und weißer Spitzenschürze, servierte den Kaffee auf zwei kleinen, silbernen Tabletts.

„Darf ich Ihnen einschenken?"

Eine Weile sahen sie schweigend nach draußen, wo es mittlerweile ruhig geworden war. Nur ein Straßenbahnwagen der Linie Zehn rumpelte quietschend vorbei.

„Sind Sie berufstätig, Fräulein Müller?" brach von Rosenheim das Schweigen.

„Ich arbeite in der Kunstgalerie meines Vaters."

„Ihr Vater hat eine Galerie? Sehr interessant. Meine Familie hat die Kunst schon immer gefördert und unterstützt. Ich selbst habe eine kleine Sammlung von Expressionisten, wie Franz Nölken, Otto Mueller, oder Marianne von Werefkin."

„Das ist ja wunderbar. Dann müssen Sie uns unbedingt besuchen. Wir haben zurzeit noch einen Kirchner und einen Macke."

„Das werde ich mit Sicherheit tun. August oder Helmuth?"

„Wie bitte?"

„Der Macke. August oder Helmuth Macke?"

„Oh, Entschuldigung. August Macke. Was machen Sie denn, wenn Sie nicht gerade Bilder sammeln?"

„Ich bin Bankier. Das heißt ich arbeite in der Bank meines Vaters. Sie ist schon seit Generationen in Familienbesitz. Sagen Sie, wo ist denn Ihre Galerie?"

„In der Braubachstraße, nicht weit vom Römer. Werden Sie kommen?"

„Garantiert, ab wann haben Sie denn geöffnet?"

„Wir öffnen um neun Uhr."

„Darf ich Sie nach Hause bringen? Mein Wagen

steht hier gleich um die Ecke in der Biebergasse."

Sie willigte diesmal ohne zu überlegen ein.

***

Am nächsten Morgen stand Johann von Rosenheim um Punkt neun Uhr vor der Galerie. Susanne Müller hatte gerade erst die Türe aufgeschlossen.

„Herr von Rosenheim! Sie haben es tatsächlich wahr gemacht."

„Guten Morgen, Fräulein Müller. Ich pflege meine Versprechen zu halten. Darf ich herein kommen? Ich bin schon auf die Bilder gespannt."

„Natürlich, entschuldigen Sie, hier entlang bitte."

Sie führte ihn in ein kleineres Hinterzimmer, in dem mehrere Gemälde auf alten Staffeleien im Raum verteilt standen.

„Wundervoll!", ließ Johann von Rosenheim seiner Begeisterung freien Lauf.

Bild für Bild inspizierte er mit Kennerblick.

„Würden Sie mir den Kirchner und den Macke verkaufen? Die beiden Werke hätte ich gerne in meiner Sammlung."

Sie sah ihn fassungslos an. Bilder dieser Kategorie hatte sie noch nie verkauft. Sie wusste nicht einmal was sie kosten sollen. Deshalb hatte sie ihr Vater auch im Hinterzimmer ausgestellt und nur ausgewählte Kunden hatten sie zu Gesicht bekommen.

„Sie wollen sie kaufen?"

„Ja, deshalb bin ich ja hier. Und natürlich um Sie wieder zu sehen. Oder sind sie etwa nicht verkäuflich? Ich meine natürlich die Bilder."

„Ich denke schon, aber ich muss meinen Vater fragen. Einen kleinen Moment bitte."

„Bitte sagen Sie ihm, dass es mir egal ist, woher er sie hat", rief er ihr hinterher, als sie eilig zurück in den Ausstellungsraum ging, um zu telefonieren.

„Vater hat dem Verkauf zugestimmt, aber erst, nachdem ich ihm sagte, dass Sie nicht nach der Herkunft fragen würden."

„Wundervoll! Dann schreiben Sie mir bitte die Rechnung. Ich lasse sie dann später abholen, oder besser noch, ich hole sie selbst ab."

***

Am späten Nachmittag erschien Johann von Rosenheim wieder in der Galerie, um seine Bilder abzuholen.

„Herr von Rosenheim …"

„Sagen Sie bitte Johann."

„Gerne, wenn Sie Susanne sagen …"

Etwas unsicher blickte sie ihn an, dann gab sie sich einen Ruck.

„Ich würde Ihnen gerne etwas zeigen."

„So, was denn?"

„Hier entlang, bitte."

Susanne Müller ging voran in das Hinterzimmer.

In der Seitenwand war eine Stahltür eingelassen, die mit zwei Sicherheitsschlössern gesichert war. Bei seinem ersten Besuch war sie ihm nicht aufgefallen. Sie öffnete die Türe und betätigte den Lichtschalter. Eine einfache Deckenlampe tauchte den kleinen Raum in ein diffuses Licht.

„Kommen Sie."

Von Rosenheim betrat den Raum, dessen eine Hälfte von einer Regalwand eingenommen wurde, in denen Dutzende von Gemälden und Skulpturen lagerten. Die andere Seite war völlig leer – bis auf ein großformatiges Bild, das an der Wand hing. Sprachlos starrte er das Gemälde an.

„Mein Gott, ein Klimt."

„Sie sind der erste Fremde, der es zu sehen bekommt. Mein Vater hat mir verboten, es jemandem zu zeigen."

„Er hat seinen Grund", erwiderte er, nachdem er seine Fassung wiedererlangt hatte, „das Bild kann er niemals verkaufen, obwohl es ein Vermögen wert ist. Aber keine Sorge, ich verrate es niemandem."

„Das verstehe ich nicht. Wie meinen Sie das? Warum kann er es nicht verkaufen?"

„Dieser, und noch ein anderer Klimt waren in Privatbesitz einer Familie Spiegel, die während des Krieges nach Theresienstadt deportiert wurde, und dort ums Leben kam. Seither galten beide Bilder als verschollen."

Susanne Müller hatte das Gefühl, als würde ihr der Boden unter den Füßen weggezogen. Sie musste sich stützen. Hatte ihr Vater am Ende etwas mit der Deportation der Spiegels zu tun? Wurden Sie deshalb von den Nachbarn gemieden und mussten umziehen? Sie wollte es nicht glauben, aber der Verdacht fraß in ihr. Aber vielleicht stimmte es ja gar nicht, was dieser Bankier erzählte. Doch woher wusste er sonst, was es mit dem Bild auf sich hatte?

„Geht es Ihnen nicht gut?" fragte er besorgt.

„Doch, doch. Es ist nur wegen des Bildes. Die Spiegels waren unsere Nachbarn. Wie sollte mein Vater daran gekommen sein?"

„Hat er Ihnen nichts gesagt?"

„Er sagte nur, dass er einige Kunstwerke vor der Vernichtung durch die Nazis gerettet hätte."

„Dann sollten Sie es glauben. Der Krieg ist vorbei und eine neue Zeit hat begonnen. Man sollte die Vergangenheit ruhen lassen. Ihr Vater braucht sich keine Sorgen zu machen. Von mir erfährt niemand, dass er die beiden Klimts besitzt."

Susanne Müller erschrak.

„Woher wissen Sie, dass er noch einen Klimt hat?"

„Wenn er diesen hat, besitzt er auch den anderen. Erlauben Sie mir, das ich ihn mir gelegentlich ansehen kann?"

„Natürlich. Ich, das heißt wir sind Ihnen zu großem Dank verpflichtet."

„Nicht doch. Darf ich Sie heute Abend zum Essen einladen? Bitte sagen Sie ja."

Nach kurzem Zögern willigte sie ein. Johann von Rosenheim nahm seine Bilder, verabschiedete sich und ließ eine völlig verwirrte junge Frau zurück, deren gesamtes Gefühlsleben ins Wanken geraten war.

***

Am Samstag, den einundzwanzigsten Juli, erschien in allen Frankfurter Tageszeitungen eine großformatige Anzeige:

Ihre Vermählung geben bekannt .....

9

Heute

Montag 15. Februar

Als Keller nachmittags wieder im Präsidium erschien, fand er Petersen an seinem Schreibtisch sitzend, den Telefonhörer in der Hand und einem resignierten Gesichtsausdruck vor.

„Hallo Chef, wissen Sie eigentlich, wie viele Jahns es gibt? Ich habe schon ein Dutzend Paulas und Petras, eine heißt sogar Petunia, aber keine die passt."

„Sie heißt Patrizia", erwiderte Keller trocken und stellte den grünen Kasten auf den Tisch, den er aus der Wohnung der Ermordeten mitgenommen hatte.

Petersen sah ihn einen Moment lang völlig fassungslos an.

„Und warum sagen Sie mir das nicht eher? Das hätte mir einen halben Tag am Telefon erspart."

„Weil ich es noch nicht wusste, als ich dich anrief. Außerdem hättest du ja nur beim Einwohnermeldeamt nachfragen müssen."

„Die haben einen Computerausfall."

„ Ach so, und nun komm her und schau dir das hier an."

„Was ist das?", fragte Petersen vorsichtig, den eine schlimme Vorahnung beschlich. „Sagen Sie nur, Sie …"

Keller hatte mittlerweile den Deckel abgehoben und den Inhalt auf seinem Schreibtisch ausgebreitet.

„Wenn du es nicht verrätst, sage ich es auch nicht weiter", grinste er, „sehen wir einmal, was wir da haben."

***

Zwei Stunden später, es war schon dunkel geworden, saßen sie sich im Schein der Schreibtischlampe gegenüber. Keller hatte alles wieder in den Kasten geräumt und ihn in seinem Schreibtisch eingeschlossen. Petersen hatte sich einige Notizen gemacht.

„Was sagst du dazu, Petersen?"

Keller lehnte sich zurück und verschränkte die Hände hinter seinem Kopf.

„Ich denke, dass der Mord nur die Spitze eines Eisbergs ist, und wir besser die Finger davon lassen sollten."

„… Müllbergs."

„Wie?"

„Der Mord ist die Spitze eines Müllbergs und wir werden jetzt nicht aufhören, sondern die Gummistiefel auspacken und anfangen, den ganzen Dreck umzugraben."

„Ich weiß nicht, Chef, das kann gewaltigen Ärger geben. Erst nehmen Sie unerlaubter Weise Beweismaterial bei einer unerlaubten Hausdurchsuchung an sich, und dann wollen Sie auch noch dem Liebling unseres Dezernatsleiters ins Handwerk pfuschen."

„Ich will niemandem ins Handwerk pfuschen. Wir führen nur parallel unsere eigenen Ermittlungen durch. Wir haben doch gerade sowieso nichts anderes zu tun, oder? Außerdem bezweifle ich ganz stark, dass Liebeneiner auch nur annähernd an die Lösung dieses Falles heran kommt."

„Wenn Sie ihm Beweise vorenthalten, bestimmt", lachte Petersen.

„Er hatte die gleiche Chance, aber wenn man mit den Händen an den Schläfen in seinem Sessel sitzt, und auf göttliche Eingebungen wartet, wird das nix."

Dabei ahmte Keller Hauptkommissar Liebeneiners Haltung nach, als er ihm die Ermittlungsergebnisse berichten musste.

„Ich kann dich natürlich nicht zwingen mitzumachen, mein Junge, aber hast du dir schon einmal überlegt, warum ich nach dreißig Jahren bei diesem Verein immer noch Kommissar bin, und warum du nach all den Jahren, als mein Assistent noch immer Obermeister bist, während deine Altersgenossen schon längst Hauptmeister sind? Die mögen uns hier nicht, deshalb."

„Ist angekommen, Chef. Ich bin dabei."

„Freut mich, mein Junge. Nur jetzt heißt es aufpassen. Wie du gesehen hast, betreten wir ein Terrain, dass nicht unseres ist. Als Erstes müssen wir mehr über die Tote herausfinden. Durch die Papiere, die ich in ihrer Wohnung fand, wissen wir jetzt, dass sie hier in Frankfurt geboren wurde, also besorgst du eine Kopie der Geburtsurkunde und die Akte des Krankenhauses, in dem sie entbunden wurde. Nach dem Abitur hatte sie in Frankfurt ein Studium angefangen, ging aber urplötzlich nach Wien, um dort ein Kunststudium zu beginnen. Ich werde mich mit den Kollegen dort in Verbindung setzen, um etwas über diese Zeit in Erfahrung zu bringen."

„In Ordnung, Chef, aber wie wollen wir die Ergebnisse kommunizieren? Hier werden die Wände bald Ohren haben."

„Guter Einwand, Petersen. Hast du zu Hause einen Computer?"

„Klar, Chef."

„Gut, dann schreibst du alle Berichte, die damit zusammen hängen bei dir und keinesfalls hier im Büro. Ich weiß zwar nicht, wie das funktioniert, aber ich glaube, dass bestimmte Leute unsere internen Computer ausspionieren könnten."

„Das kann jeder Administrator, das ist überhaupt kein Problem."

„Ach, woher weißt du *das* denn?"

„Das ist doch in jeder Firma so, die ein eigenes Netzwerk besitzt. Und da unsere PC´s alle intern vernetzt sind, haben wir auch eine Fachabteilung, die dafür zu ständig ist. Falls einmal etwas nicht funktioniert, hat jeder der Kollegen in dieser Abteilung eine Zugangsberechtigung, oder auch Administratorrechte, um sich in das Netzwerk einzuloggen, und den Fehler zu beheben. Damit könnten sie auch alles verfolgen, was wir am PC gemacht haben, oder auch unseren E-Mail Verkehr einsehen."

„Ich bin beeindruckt", sagte Kommissar Keller, nach einem Moment des Staunens, „so viel zum Thema Datenschutz."

***

Nach dem Petersen gegangen war, blieb Keller noch eine Weile sitzen und starrte grübelnd hinaus in die Dunkelheit. Sollte er sich das tatsächlich so kurz vor seiner Pensionierung noch antun? Dieser Fall würde eine Dimension erreichen, die weit über das übliche Maß hinausgehen wird. Andererseits, viel schlimmer als seine Situation jetzt schon war, konnte es auch nicht mehr werden. Sein Entschluss stand ja eigentlich auch schon fest. Mit einem Ruck drehte er sich zu seinem Schreibtisch herum, kramte aus der Schublade sein Telefonverzeichnis, griff nach dem Hörer und wählte eine Nummer des Wiener Sicherheitsbüros.

„Hallo Kollege Jäger, hier Keller von der Kripo Frankfurt. Das ist nett, dass Sie sich noch an mich erinnern können, ich brauche Ihre Hilfe. Wir haben hier eine ermordete junge Frau, die vor kurzem erst aus Wien nach Frankfurt gezogen ist. Der Name ist Patrizia Jahn. Sie hat bei euch in Wien Kunst studiert. Ich brauche alles an Informationen, was Sie zusammentragen können. Ich hoffe, ich kann mich mal revanchieren. Herzlichen Dank. Ach, noch etwas Kollege Jäger, wenn Sie mir Ihre Ergebnisse bitte vertraulich und nicht auf dem offiziellen Weg durchgeben könnten. Wie? Ja, so schlimm ist es mittlerweile. Richtig, meine Handynummer ist noch die Gleiche. Bis dann."

Zufrieden legte er den Hörer auf, streckte sich und verließ das Büro.

Dienstag 16. Februar

Am nächsten Morgen wachte Keller für seine Verhältnisse extrem früh und ohne Wecker auf. Er schaltete seine Nachttischlampe an und rieb sich verwundert die Augen, als er auf das Zifferblatt seiner Armbanduhr sah. Er schrieb dieses Phänomen seiner, schon lange nicht mehr gekannten, inneren Anspannung zu. Langsam erhob er sich, streckte sich kurz, schlurfte hinaus in die Küche und bereitete sich einen Kaffee.

Nachdenklich saß Keller am Küchentisch, steckte sich eine Zigarette an und sah hinaus auf die knorrigen Bäume der Allee, die ihre noch kahlen Äste in den wolkenverhangenen Himmel reckten und von denen das Wasser rhythmisch in die Tiefe tropfte. Es hatte wohl die ganze Nacht geregnet.

Aus dem Radio erklang ein Song, der ihn an seine Jugendzeit erinnerte.

Die Zeit, in der das Gras noch grün und der Himmel noch blau war und in der der Sommer nie vergehen wollte.

„Loneliness is a coat you wear,
the dark shade of blue is always there …"

Deutschland im Februar, das war wirklich deprimierend. Winter-Blues.

„The sun ain´t gonna shine anymore,
the moon ain´t gonna rise in the sky …"

Aber eigentlich war es ja fast die Hälfte des Jahres so. Mit großer, innerer Anstrengung befreite er sich aus diesem Anfall von Schwermut, drückte die Zigarette aus, stellte seine Tasse in die Spüle und kleidete sich an. Zehn Minuten später war er unterwegs ins Präsidium.

***

„´Morgen Chef."

Als Keller sein Büro betrat, sprang Petersen sofort auf und schloss die Tür.

„Haben Sie schon gehört …?"

„Nein, was soll ich denn gehört haben?"

„Liebeneiner hat einen Haftbefehl gegen Volkmann erwirkt und gibt nachher eine Pressekonferenz. Er betrachtet den Fall wohl als abgeschlossen und die Staatsanwaltschaft wird den Maler wegen Mordes anklagen."

„Wer hoch fliegt, der tief fällt."

„Wie? Macht Ihnen das nichts aus?" fragte Petersen, erstaunt über Kellers Reaktion.

„Im Gegenteil mein Junge. Lass ihm doch seinen Triumph. Er wird sowieso nur von kurzer Dauer sein. Außerdem können wir dann wenigstens unbehelligt und in Ruhe weitermachen. Ich möchte auf jeden Fall den armen Volkmann da rausholen."

„Aber wie? Haben Sie schon eine Idee?"

Keller verzog sein Gesicht zu einem breiten Grinsen, schloss seine Schreibtischschublade auf, entnahm ihr den grünen Kasten und kramte einige der Zeitungsausschnitte und ein paar Fotos hervor.

„Du wirst der erste sein, der es erfährt. Hast du schon etwas über die Bankiersfamilie?"

„Bin dabei. Noch etwas – die Ermordete stand tatsächlich nicht auf der Gästeliste."

„Dachte ich mir. Das Puzzle nimmt Konturen an."

„Wie meinen Sie das denn jetzt? Ich dachte, Sie haben erwartet, dass sie darauf steht."

„Erkläre ich dir später."

„Und was machen Sie jetzt?"

„Ich besuche unseren Maler, solange es noch geht."

Konsterniert blickte Petersen seinem Chef hinterher, und wünschte sich einmal mehr, dessen, für ihn verworrene Gedankengänge, durchdringen zu können.

***

Als Kommissar Keller den Besucherraum des Untersuchungsgefängnisses betrat, saß Andreas Volkmann bereits an einem der Tische, die Arme, in Handschellen gefesselt, auf die Platte gestützt, die Hände gefaltet. Er sah auf und ein leichtes Lächeln huschte über sein blasses Gesicht. Tiefe, dunkle Ringe zeigten sich unter seinen Augen. Die zwei Tage in der Zelle hatten Spuren hinterlassen. Keller nahm ihm gegenüber Platz und gab dem jungen Polizisten, der neben der Türe Aufstellung genommen hatte, ein Zeichen, die Handschellen abzunehmen und vor der Tür zu warten.

„Man kann nicht gerade behaupten, dass Sie besonders gesund aussehen würden", meinte er und schob dem Maler ein Päckchen Zigaretten und Streichhölzer über den Tisch. „Herzlichen Dank, Herr Kommissar."

Eilig öffnete er die Packung, steckte sich eine Zigarette an, lehnte sich zurück und inhalierte tief.

„Werden Sie gut behandelt?"

„Ich werde nicht gefoltert, falls Sie das meinen, aber Sie sind doch bestimmt nicht hierhergekommen, um sich nach meinem Wohlergehen zu erkundigen, oder?"

„Doch, auch, ob Sie es glauben, oder nicht. Aber in erster Linie möchte ich Sie hier herausholen, da ich Sie für unschuldig halte, und dazu benötige ich Ihre Hilfe."

„Ich wüsste nicht, was ich dazu beitragen könnte. Ich habe Ihnen alles gesagt, was ich weiß, und diesem Lackaffen auch."

Keller musste schmunzeln, zog einen Umschlag aus seiner Tasche und leerte den Inhalt auf den Tisch. Dann nahm er einige Fotos aus dem Haufen und breitete sie vor Volkmann aus.

„Was können Sie mir dazu sagen?"

Der Maler beugte sich vor und betrachtete interessiert die Bilder.

„Das sind alles Gemälde von Gustav Klimt, einige der großartigsten Werke der modernen Malerei. Aber das wissen Sie doch sicher."

„Ja, das weiß ich, aber es muss irgendetwas damit auf sich haben, und das möchte ich gerne herausfinden und dachte, Sie könnten mir dabei helfen. Was können Sie mir zu den Bildern sagen?"

„Na, sehen Sie sich doch diese Kunstwerke genauer an. Jedes Bild zieht den Beobachter zu sich an, macht ihn quasi zum Voyeur. Seine Frauenportraits besitzen eine hintergründige Erotik, die aber gewollt ist. Und sehen Sie, wie verschwenderisch er bei einigen Werken mit Gold umgegangen ist. Das hat seit *Korin* niemand mehr gemacht, wenn man die Ikonenmalerei mal außen vor lässt."

„Und wissen Sie auch, wer diese Bilder besitzt?"

„Die hängen alle in den großen Museen der Welt. Das hier zum Beispiel, es heißt *Der Kuss* und hängt im Belvedere in Wien, genau wie dieses hier, das *Schloss Kammer*. Das Portrait der *Adele Bauer-Bloch* hier, hängt in New York und ist eines der teuersten Gemälde der Welt. Die anderen hier befinden sich alle in Wien. Aber was zum Teufel hat das mit mir zu tun?"

Keller ignorierte die Frage und zog sein Handy aus der Tasche. Hier, sehen Sie diese Bilder einmal an. Ich habe sie aus einem Buch abfotografiert. Ist nicht sehr deutlich, aber doch zu erkennen."

Volkmann betrachtete aufmerksam das kleine Display, dann kratzte er sich sein unrasiertes Kinn.

„Tja, das sind beides Werke, die während des Naziregimes den Eigentümern, einer jüdischen Familie aus Frankfurt, bei deren Deportation gestohlen wurden und seither als vermisst galten. Eines der Bilder tauchte plötzlich Ende der Fünfziger Jahre wieder auf, als ein Bankier das Gemälde der Österreichischen Galerie in Wien stiftete."

„Und das andere?"

„Gilt bis heute als verschollen."

Keller sah sein Gegenüber einen Moment lang nachdenklich an.

„Weiß man, von wem der edle Stifter das Gemälde gekauft hatte?"

„Den Namen des Verkäufers hat er nie preisgegeben. Das ist ein Ehrenkodex im Kunsthandel."

„Wissen Sie zufällig den Namen dieses Bankiers?"

„Johann von Rosenheim … "

10

September 1959

Die graue Wolkendecke war aufgerissen und die Strahlen der nachmittäglichen Herbstsonne ließen das weiße Portal des Frankfurter Hauptfriedhofs unwirklich hell erstrahlen. Die Wassertropfen glitzerten auf dem schon früh herbstlich eingefärbten Laub.

Nachdem der Sarg mit dem Leichnam ihres Vaters in das Grab herabgelassen war, musste Susanne von Rosenheim noch die nicht enden wollende Reihe der Trauergäste ertragen, die alle mit ernsten Gesichtern an ihr und der Familie vorbei defilierten um zu kondolieren. Ihre rot verweinten Augen waren hinter einem schwarzen Schleier versteckt. Gelegentlich, wenn sie das Gefühl hatte, ihre Beine würden ihr den Dienst versagen, musste ihr Mann sie diskret stützen. Ihre Mutter dagegen stand, zwar mit ernstem Gesichtsausdruck, aber gefasst, neben ihr. Sie hatte in ihrem Leben schon so viel durchmachen müssen, dass selbst der Tod ihres Mannes sie nicht mehr umwerfen konnte.

Als sie endlich am Ende der Prozession durch das weiße Portal auf die Eckenheimer Landstraße hinaustraten, fühlte sie so etwas wie Erleichterung. Ihr Mann hielt ihr und ihrer Mutter den Wagenschlag der großen Limousine auf. Er hatte im kleinen Kreis, was immer noch etwa vierzig Personen waren, in den Frankfurter Hof zum Leichenschmaus geladen.

Als nach einem delikaten Essen der Kaffee und Cognac serviert wurde, konnte man ein Phänomen beobachten, dass vielen solcher Veranstaltungen zu eigen ist; die Mienen der Trauergäste hatten sich aufgehellt, es wurden Geschichten erzählt und hier und da konnte man ein leises Lachen hören.

Als sich später am Abend die mittlerweile heitere Gesellschaft aufgelöst hatte, traten auch die Rosenheims den Heimweg an. Susannes Mutter hatte das Angebot abgelehnt, die Nacht bei ihnen zu verbringen – sie wollte alleine sein.

***

Elisabeth, die Haushälterin, brachte das Frühstück. Seit nunmehr vier Jahren war sie in Diensten des Bankiers. Nach Kriegsende musste sie erfahren, dass ihre Eltern deportiert wurden und das Konzentrationslager nicht überlebt hatten. Das Familieneigentum war von den Nazis konfisziert worden, die Kunstschätze ihres Vaters waren verschollen und ihr Elternhaus hatte neue Eigentümer. Sie selbst hatte den Krieg unbeschadet bei Verwandten in Zürich überlebt.

„Guten Morgen, Herr von Rosenheim."

„Guten Morgen, Elisabeth."

„Soll ich für die gnädige Frau auch schon servieren?"

„Ja, danke, sie wird gleich kommen."

Unauffällig und geräuschlos richtete sie den Frühstückstisch und entfernte sich wieder. Kurz darauf erschien Susanne von Rosenheim, in einen seidenen Morgenmantel gehüllt. Ihr Mann ließ seine Zeitung sinken und sah sie lächelnd an.

„Guten Morgen Liebes. Wie geht es dir? Du siehst schon etwas besser aus."

„Danke, ich fühle mich auch besser."

„Wo ist Werner?"

„Magdalena hat ihn gerade zur Schule gebracht. Johann, ich muss etwas mit dir besprechen. Etwas, das mich seit Vaters Tod beschäftigt."

„Das hört sich ja dramatisch an. Um was geht es denn?"

„Um die Kunsthandlung. Genauer gesagt, um die Bilder, die damals im Hinterzimmer waren, und die wir niemals werden verkaufen können."

Ihr Mann faltete seine Zeitung zusammen und sah sie an.

„Was ist damit? Was möchtest du mir sagen?"

„Wir beide können uns denken, woher Vater sie hatte, auch wenn er es nie zugegeben hat. Mir wird das zu riskant. Ich habe gehört, dass schon die ersten Verfahren um die Rückgabe sogenannten Raubgutes der Nazis eingeleitet wurden."

Er lehnte sich zurück und starrte an die, mit Stuckwerk reich verzierte Decke. Susanne überlegte, ob ihre Darlegungen ihn schockiert hätten, oder ob er einfach nur über das Gesagte nachdachte, als er sich plötzlich wieder vorbeugte.

„Ich glaube, du hast Recht, Liebes. Ich hatte mir auch schon Gedanken gemacht, wollte es aber nicht sagen, da es sich ja um die Hinterlassenschaft deines Vaters handelt. Was hältst du davon, wenn wir den einen Klimt dem Belvedere in Wien stiften würden; er wäre dann quasi wieder zu Hause?"

„Das würde bestimmt viel Wirbel machen und in jeder Zeitung stehen. Und was passiert mit den anderen Bildern und Skulpturen?"

„Darüber habe ich auch schon nachgedacht. Man könnte bei der Stiftung Stillschweigen über den Stifter vereinbaren, und für die anderen Dinge finden sich bestimmt Abnehmer, ich meine anonyme Sammler, denen es egal ist wo etwas herkommt und was es kostet. Nur den anderen Klimt würde ich gerne, dein Einverständnis vorausgesetzt, hier im Haus unterbringen. Er würde uns immer an unser Kennenlernen erinnern."

Ein Lächeln zeigte sich nun auf ihrem Gesicht.

„Das hast du lieb gesagt. Einverstanden, machen wir es so."

***

Zwei Wochen später betrat Elisabeth das Schlafzimmer ihrer Herrschaft, um die Betten zu machen und Staub zu saugen, und blieb wie angewurzelt stehen. Über dem Bett, wo bisher vier kleine, in Gold gerahmte Stiche hingen, war jetzt ein großformatiges Bild. Ein Schütteln ging durch ihren Körper. Sie war sich sicher, dieses Bild zu kennen.

11

Heute

Dienstag 16. Februar

Kommissar Keller fand sein Büro verwaist vor. Er legte die Unterlagen, die er dem Maler gezeigt hatte, wieder in die Schreibtischschublade und verschloss sie sorgfältig. In diesem Moment flog die Türe auf und Petersen stürmte herein. Mit hochrotem Kopf und schwer atmend stützte er sich auf die Schreibtischkante.

„… haben Sie schon mitbekommen?"

Keller sah ihn ruhig an.

„Nun setz dich erst einmal hin und beruhige dich. Was soll ich mitbekommen haben?"

Petersen ließ sich heftig auf seinen Schreibtischstuhl fallen.

„Liebeneiner … in der Pressekonferenz … er hat den Fall als gelöst und abgeschlossen betrachtet."

„Hast du etwas anderes erwartet?" grinste Keller.

„Er hat sogar die Tote identifiziert. Was sagen Sie dazu?"

„Muss er ja wohl, sonst könnte er den Fall ja nicht abgeschlossen haben. Ich frage mich nur, wie? Es waren keine Fotos in der Presse und es gab keinen Aufruf. Irgendwie muss er ja darauf gekommen sein. Die wahrscheinlichste Lösung wäre gewesen, dass er über einen Abgleich der Gästeliste darauf gekommen ist, aber da stand sie ja nicht drauf."

„Und was machen wir nun?" fragte Petersen, der sich wieder beruhigt hatte.

„Wir treffen uns heute Abend um sieben in der *Waldlust*. Ich lade dich ein."

Petersen strahlte über das ganze Gesicht. Von seinem Chef eingeladen zu werden, um über einen so heiklen Fall zu diskutieren, der ja eigentlich gar nicht ihr Fall ist, und in dem ihre Aktivitäten eigentlich als illegal zu bezeichnen sind, kommt auch nicht so oft vor.

„Abgemacht. Und bis dahin?"

„Du bringst alles mit, was du an Informationen gesammelt hast, und versuch im Labor noch nähere Einzelheiten über dieses ominöse Tuch zu erfahren."

„Und Sie?"

„Ich fahre noch einmal nach Nied in die Eisenbahnersiedlung."

„Was wollen Sie denn da noch?"

„Ich will nur etwas nachsehen."

Damit erhob sich Keller, zog seinen verknitterten Regenmantel über und ließ, einmal mehr, einen ratlosen Assistenten zurück.

***

„Dachte ich es mir doch", murmelte Keller, als er vor Patrizia Jahns Wohnungstüre stand. Er lauschte kurz in das Treppenhaus. Alles war ruhig. Dann nahm er sein Besteck aus der Tasche und öffnete, etwas flotter als beim ersten Versuch, lautlos die Türe, an der keinerlei Spuren eines Polizeisiegels zu sehen waren. Auch in der Wohnung war alles so, wie er es nach dem ersten Besuch verlassen hatte. Keller durchsuchte akribisch Raum für Raum, obwohl er eigentlich gar nicht wusste, nach was er suchte.

Aus einem der Bücher, die er aus dem Regal räumte viel ein Umschlag. Keller zog eine Karte heraus, und ein zufriedenes Grinsen zeigte sich auf seinem Gesicht. Das, was er las, könnte einiges erklären.

Er verließ das Haus Am Selzerbrunnen und stieg in seinen Wagen. Nachdenklich fuhr er die Oeserstraße hinunter. Ein Blick auf seine Uhr sagte ihm, dass er bis zu seinem Treffen mit Petersen noch viel Zeit hatte. Ein Spaziergang würde ihm gut tun. So stellte er sein Auto in der Beunestraße ab und machte sich auf den Weg zum Mainufer. Wirre Gedanken kreisten durch seinen Kopf, die er vergeblich versuchte zu ordnen. Kaum hatte er das Gefühl, das Puzzle würde ein Bild ergeben, tauchte plötzlich wieder ein Steinchen auf, das sich nicht einordnen ließ. Vielleicht würden ja Petersens Recherchen, oder die, seines Kollegen aus Wien, weiteres Licht ins Dunkel bringen.

Die Dämmerung war, von ihm unbemerkt, heraufgezogen und es war unangenehm feucht und kalt. Trotzdem setzte sich Keller auf eine Bank und sah auf den Fluss, der, begünstigt durch den hohen Wasserstand, schnell dahin floss. Er steckte sich eine Zigarette an und streckte die Beine aus. In diesem Moment tauchte ein junges Pärchen auf, beide in schwarzes Leder gekleidet, und hinter ihnen trottete ein Pitbull, ohne Leine und ohne Maulkorb. Keller hatte höllischen Respekt vor diesen Biestern, was der Hund wohl gemerkt haben muss. Er blieb direkt vor ihm stehen und sah ihn böse an. Keller tastete vorsichtig nach seiner Waffe, musste aber feststellen, dass er sie wieder einmal zu Hause vergessen hatte.

„Rambo, hierher!" hörte er da das Mädchen rufen. Der Hund fixierte ihn noch einen Moment, wandte sich dann aber ab und trottete weiter. Kellers Bedarf an frischer Luft war allerdings gedeckt. Er würde lieber im warmen Gastraum der *Waldlust* auf Petersen warten und machte sich auf den Weg.

Eine wohlige Wärme umfing ihn, als er das Lokal

betrat. Es war noch nicht viel Betrieb und so suchte er sich einen Tisch in einer Ecke aus und bestellte sich einen Kaffee zum Aufwärmen.

„Ich kann es gar nicht glauben, dass der Volkmann so etwas getan hat", meinte der Wirt mit echter Bestürzung.

„Ich auch nicht."

„Aber warum haben Sie ihn dann verhaftet? In den Nachrichten haben sie gesagt, dass der Fall aufgeklärt wäre."

„Ich habe ihn nicht verhaftet. Man hat mir den Fall abgenommen. Ich versuche nun seine Unschuld zu beweisen und den wahren Täter zu finden."

Einen Moment lang sah er schweigend in seine Kaffeetasse und beobachtete die kleinen Bläschen, die auf der goldbraunen Oberfläche ihre Kreise drehten. Vielleicht konnten sie ihm ja die Erleuchtung bringen.

„Sagen Sie, gibt es hier so eine Art Ortsarchiv, ich meine irgendeine Institution, wo ich etwas über die Vergangenheit dieses Stadtteils erfahren kann?"

„Ja sicher. Wir haben hier ein eigenes Heimatmuseum, da können Sie alles über die Geschichte von Nied erfahren. Ist nicht weit von hier. Gleich vorne in der Beunestraße, das ist die letzte Querstraße vor der Brücke. Ein großer Backsteinbau. Sie können ihn nicht verfehlen."

„Haben Sie vielen Dank."

In diesem Moment kam Petersen herein. Beladen mit mehreren Aktenordnern, steuerte er auf Keller zu und ließ seine Last geräuschvoll auf den Tisch fallen.

„Lauter ging´s wohl nicht?"

„´Tschuldigung Chef, aber sonst wäre mir alles aus der Hand gefallen."

„Bestell dir erst einmal etwas zu trinken und dann sehen wir, was wir haben. Essen können wir später."

„Also", begann Petersen, nachdem er einen Schluck Apfelwein getrunken hatte, „ich habe mich etwas im Labor herum getrieben. Dabei konnte ich mir kurz das Stück Tuch ansehen, dass wir angeblich am Tatort übersehen haben. Es sieht tatsächlich genauso aus, wie das Tuch, in welches Volkmann das Bild gewickelt hatte, als wir das erste Mal bei ihm waren."

„Daran hatte ich auch nicht gezweifelt."

„Wie? Ich dachte, Sie halten Volkmann für unschuldig."

„Tu ich ja auch. Das eine hat mit dem anderen nichts zu tun", beeilte sich Keller zu erklären, als er den verwirrten Gesichtsausdruck seines Assistenten bemerkte.

Petersen stützte seinen Kopf auf die Hände und sah seinen Chef an. Trotz der großen Zuneigung und Bewunderung, die er ihm gegenüber empfand, gab es Momente, in denen er ihn am liebsten auf den Mond schießen würde, und dies war so ein Moment. Andererseits war er froh, dass dieser kauzige, wortkarge Einzelgänger ihn als Assistenten überhaupt akzeptierte, und was noch wichtiger war, ihn auch respektierte. Während die anderen Kollegen Kellers wandelnde Dienstvorschriften waren, hatte er bei diesem Mann, mit seinen unkonventionellen Methoden, unheimlich viel gelernt.

„Könnten Sie eventuell einen kleinen, dummen Polizisten an Ihren Überlegungen teilhaben lassen?"

Der Wirt brachte frische Getränke und Keller beugte sich leicht zu seinem Assistenten herüber.

„Überleg doch mal Petersen. In der Mordnacht haben unsere Leute jeden Stein rings um den Tatort rumgedreht und haben nichts gefunden. Dann verhören wir den Maler, der kurze Zeit später von Liebeneiner als Täter verhaftet wird. Als Beweis hat er nur die Aussage dieser Frau mit dem Hund und das Tuch mit den Blutspuren. Die Aussage der Hundebesitzerin besagt ja nur, dass sie den Maler etwa zum Tatzeitpunkt auf der Straße, die zufällig in der Nähe des Tatorts verläuft, gesehen hat. Dafür hätte er niemals einen Haftbefehl bekommen. Dann findet seine Soko dieses Tuch, und das an einer Stelle, an der definitiv in der Tatnacht nichts lag. Obendrein stellt sich auch noch heraus, dass dieses Tuch aus dem

Atelier von Volkmann stammt. Ein bisschen viel Zufall, findest du nicht auch?"

„Doch, das finde ich auch, aber ich kann Ihnen immer noch nicht so richtig folgen. Ich meine, es ist klar, dass jemand das Tuch nachträglich dort deponiert hat. Aber warum? Oder meinen Sie etwa, die Leute von der Soko ...?"

„Nein, nein, das können wir ausschließen. Was ich meine ist, dass, wie du schon richtig sagtest, jemand das Tuch nachträglich dort hingelegt hat, aber ich meine auch, dass dieser Jemand unser Tun beobachtet, oder bis dato beobachtet hat."

„Das klingt so, als würden Sie einen Kollegen verdächtigen."

„Ich verdächtige niemanden, aber du musst dir nur einmal die Fakten ansehen. In der Tatnacht findet man nichts und es gibt nur zwei Zeugen, die das Opfer kurz vor dem Mord gesehen haben. Dann reden wir mit dem Maler und ich gehe später noch einmal zu ihm. Unmittelbar darauf findet man dieses Stück Tuch mit Blutspuren des Opfers. Für mich sieht das so aus, dass der Täter oder die Täterin, denn es kann ja durchaus auch eine Frau gewesen sein, die ersten Verdachtsmomente gegen Volkmann aufgenommen, und eine Spur zu ihm gelegt hat, die Liebeneiner dankbar angenommen hat. Verstehst du jetzt?"

„Ich denke schon", antwortete Petersen nach einer kurzen Pause, „aber was mir nicht in den Kopf will, ist die Frage, wie der Täter oder die Täterin an dieses Tuch aus dem Besitz von Volkmann gekommen ist."

„Gute Frage. Da gibt es nicht viele Möglichkeiten. Eine wäre, dass er oder sie es schon länger hatte. Das würde bedeuten, dass er oder sie schon vorher Kontakt mit Volkmann hatte. Der aber kann sich nicht erklären, wie das Tuch aus seinem Atelier abhandenkommen konnte. Er hat es jedenfalls niemandem gegeben. Die zweite Möglichkeit ist ziemlich abenteuerlich. Als ich das zweite Mal bei Volkmann war, ist er, nach eigener Aussage, auch erst kurz vorher nach Hause gekommen. Vielleicht hat der Täter, oder die Täterin diesen Augenblick der Abwesenheit genutzt und sich das Tuch angeeignet, um die falsche Spur zu legen."

„Das wäre aber ein ziemlich hohes Risiko gewesen, denn Volkmann hätte ja jederzeit zurückkommen können."

„Das stimmt, würde aber zur Struktur dieses Verbrechens passen, denn wir haben es ja hier nicht mit einem einfachen Kapitalverbrechen aus niederen Beweggründen zu tun, sondern vielmehr mit einem kaltblütigen, und bis ins Detail geplanten Mord."

„Da haben Sie wohl recht, Chef", meinte Petersen, nach kurzem Überlegen.

Keller fixierte lächelnd seinen Assistenten.

„Du siehst aus, als hättest du Hunger. Dann lass uns erst etwas essen, bevor wir weiter machen."

Petersen sah ihn dankbar an und nickte.

Während des Essens schwiegen sie und jeder hing seinen eigenen Gedanken nach. Die Gaststube hatte sich zwischenzeitlich bis auf den letzten Platz gefüllt und die Kellnerin schleppte ununterbrochen dampfende Teller mit köstlichen und deftigen Gerichten aus der Küche heran. Als Keller später seinen Kaffee serviert bekam, nahm er gleich den Faden wieder auf.

„So, Petersen, was hast du über diese Bankiersfamilie in Erfahrung bringen können?"

„Das dürfen Sie hier nicht."

„Wie? Was darf ich nicht?"

„Na, rauchen."

Keller glotzte seinen Assistenten verständnislos an, dann tastete er nach der Zigarette in seinem Mundwinkel und schob sie wieder zurück in die Packung.

„Ich war ganz in Gedanken. Daran werde ich mich wohl nie gewöhnen. Also, was hast du?"

Petersen wühlte in den Aktenordnern, die er mitgebracht hatte.

„Grundsätzlich ist es sehr schwierig an Informationen zu kommen. Die Bank ist seit vielen Generationen in Privatbesitz und hat einen ausgezeichneten Ruf in der Branche. Der Senior, Johann von Rosenheim, hat das Geschäft in den fünfziger Jahren von seinem Vater übernommen. Seine Frau Susanne, die er 1951 heiratete, ist eine geborene Müller und stammt aus Nied. Ihr Vater, dem man eine NS Vergangenheit nachsagt, hatte eine Kunsthandlung in der Braubachstraße, die seine Tochter nach seinem Tod übernahm ..."

„... jetzt wird´s interessant", unterbrach ihn Keller, „mach weiter."

„Im Gegensatz zu einigen anderen deutschen Bankhäusern, konnte man den Rosenheims nie irgendwelche Verbindungen zu den Nazis nachweisen. Im Gegenteil, die Kriegsjahre verbrachte die Familie in der Schweiz."

„Was nichts bedeuten muss. Da hatten in dieser Zeit auch viele Kollaborateure ihre Zelte aufgeschlagen."

„Mag sein, aber bekannt ist nichts. Wie dem auch sei, vor einunddreißig Jahren übergab der Alte die Geschäfte an seinen Sohn Werner, und zog sich mit seiner Frau in die Villa nach Königstein zurück. Sohn Werner blieb mit Frau Marianne und Tochter Dorothea im Elternhaus am Mainberg wohnen, obwohl sie noch ein viel attraktiveres Stadthaus in der Kennedyallee besitzen."

„Warum sollten sie nicht dort wohnen, wo sie jetzt wohnen?"

„Na ja, es ist halt heute nicht mehr das, was man unter dem Wohnsitz eines Multimillionärs vermuten würde."

„Standesdünkel …", brummte Keller und gab Petersen ein Zeichen fortzufahren.

„Viel gibt es nicht mehr. Werner von Rosenheim hat sich als Kunstsammler und Mäzen einen Namen gemacht, wie ja unser Freund Volkmann belegen kann. Sonst gibt es nichts erwähnenswertes – bis auf die bevorstehende Hochzeit der Tochter mit unserem verehrten Hauptkommissar Liebeneiner und dem Tod einer Haushälterin vor neun Jahren, der als Selbstmord zu den Akten gelegt wurde. Das war´s."

Keller beugte sich zu seinem Assistenten hinüber.

„Ich will alles über diesen Todesfall wissen. Du besorgst mir die Akte und alles, was du über die Tote herausfinden kannst. Vielleicht finden wir da einen Ansatz. So, und um deine Neugier zu befriedigen, habe ich auch etwas. Ich war vorhin noch einmal in der Wohnung dieser Patrizia Jahn…"

„Himmel! Wenn Liebeneiner sieht, dass die Siegel beschädigt sind …", unterbrach ihn Petersen aufgeregt.

„Das ist es ja, es gab keine."

„Wie, es gab keine?"

„Es gab keine Siegel. In dieser Wohnung war seit dem Mord niemand, außer mir."

„Das gibt es doch nicht. Die müssen doch die Wohnung durchsucht haben."

„Offenbar nicht. Das hier habe ich dort gefunden."

Keller legte den Umschlag auf den Tisch.

„Was ist das?"

„Das, mein Lieber, ist eine Einladung zum Kostümfest der Rosenheims mit Prägung des Familienwappens. Deshalb ist sie dort hin, auch wenn sie nicht auf der Gästeliste stand."

„Also doch der Bankier?"

„Es macht ihn zumindest nicht unverdächtiger."

12

Mai 1978

Das Foyer im Stadthaus der Rosenheims war mit bunten Girlanden geschmückt und überall standen festlich gekleidete Menschen in kleinen Gruppen, Sekt- oder Cocktailgläser in den Händen, und unterhielten sich angeregt. Hier und da hörte man ein leises Lachen; ansonsten war die Stimmung zwar heiter, aber eher gedämpft. Einige junge Frauen, in schwarzen Kleidern und weißen Spitzenschürzen, jonglierten silberne Tabletts durch die Menge und boten Canapés an.

Johann von Rosenheim löste sich aus einer kleinen Gruppe, stieg ein paar Stufen die Treppe hinauf, die zum ersten Obergeschoss führte, und klopfte einige Male vorsichtig mit seinem silbernen Feuerzeug gegen sein Glas.

„Meine Damen und Herren, liebe Freunde, darf

ich einen Moment um Ihre geschätzte Aufmerksamkeit bitten."

Sofort verstummten alle Gespräche und der Bankier durfte sich der ungeteilten Aufmerksamkeit gewiss sein.

„Danke. Sie haben sich sicherlich schon gefragt, welchen Anlass wir mit dieser kleinen Feier begehen. Nun, ich möchte Sie nicht länger im Unklaren lassen. Eigentlich sind es ja zwei Anlässe, die aber untrennbar verbunden sind. Meine Frau und ich möchten uns aus dem aktiven Geschäftsleben zurückziehen und übergeben daher mit dem heutigen Tag die Geschäftsleitung der Bank an unseren Sohn Werner. Wir beide werden uns in unser Haus in Königstein zurückziehen."

Nach einer kurzen Pause folgte höflicher Applaus der Anwesenden.

„Und damit wären wir auch beim zweiten Anlass dieser kleinen Feier. Unsere treue Perle, unsere Haushälterin Elisabeth, die in den dreiundzwanzig Jahren, die sie nun schon bei uns ist, auch eine liebe Freundin der Familie wurde, wird uns nach Königstein begleiten. Sie hat sich in all den Jahren aufopferungsvoll um beide Häuser gekümmert, und hat nun auch etwas mehr Ruhe verdient."

Wieder höflicher Applaus.

„Ihre Tochter Gerlinde wird ab sofort ihre Aufgaben im Haushalt unseres Sohnes und seiner Frau übernehmen und mit dem gleichen Fleiß und der gleichen Hingabe erfüllen, davon bin ich überzeugt."

Johann von Rosenheim streckte seine rechte Hand aus und eine mittelgroße, dunkelhaarige, junge Frau, in einem bodenlangen, roten Kleid, löste sich aus der Menge und trat neben den Bankier. Ihre tief liegenden, dunklen Augen, die kräftigen Augenbrauen und die leicht gebogene Nase, verliehen ihr ein südländisches Aussehen.

„Darf ich vorstellen, Gerlinde Jahn."

Applaus.

Knapp zwei Jahre später …

Die frühsommerliche Abendsonne schien durch die beiden großen Fenster des Speisezimmers und tauchte den Raum in ein warmes, goldenes Licht. Werner von Rosenheim und seine Frau hatten gerade ihr Abendmahl beendet und saßen beim Kaffee. Sie diskutierten über die Unruhen, die das öffentliche Gelöbnis der Bundeswehr in Bremen ausgelöst hatte, und die möglichen Folgen der russischen Offensive in Afghanistan. Der Bankier wollte sich gerade ein Zigarillo anstecken, als seine Frau plötzlich das Thema wechselte.

„Ich verstehe beim besten Willen nicht, warum sie

uns den Namen des Vaters nicht nennen will, du etwa?"

Werner von Rosenheim wurde von dieser plötzlichen Wendung so überrascht, dass er das brennende Streichholz fallen ließ.

„Was ist? Man könnte meinen, du weißt mehr."

„Entschuldige meine Liebe, aber ich war etwas perplex durch deinen plötzlichen Themenwechsel. Natürlich weiß ich nicht mehr als du. Wenn sie uns aber nicht einweihen will, müssen wir das jedoch akzeptieren. Ich habe ihr unsere volle Unterstützung zugesagt. Das sind wir, glaube ich, ihr und ihrer Familie schuldig."

Seine Frau sah ihn einen Moment lang an, und er hatte das Gefühl, ihr Blick würde ihn durchdringen.

„Welcher Familie?"

„Ich meine ihre Mutter, die uns ja viele Jahre treu gedient hat", beeilte er sich zu sagen, „ich verstehe nur nicht, warum du daraus jetzt solch ein Drama machen musst."

Ärgerlich warf er seine Serviette auf den Tisch und widmete sich fortan dem Studium seiner Zeitung.

In diesem Moment erschien Gerlinde, um zu fragen, ob sie abräumen dürfe. Dass sie sich in anderen Umständen befand, konnte mittlerweile auch das weite Kleid nicht mehr kaschieren. An den Mienen ihrer Arbeitgeber konnte sie unschwer ablesen, dass dies wohl auch wieder ein Thema bei Tisch gewesen sein musste. Ein kaum merkliches Lächeln umspielte ihre Mundwinkel, als sie das Geschirr auf das Tablett lud. So leise, wie sie gekommen war, verließ sie auch wieder den Raum.

„Werner, ich bin auch schwanger."

Marianne von Rosenheim fühlte sich erleichtert es endlich ausgesprochen zu haben. Eigentlich hatte sie vor, es bei einer besonderen Gelegenheit zu erzählen, aber wann gab es eine solche bei ihrem viel beschäftigten Ehemann?

Er ließ langsam die Zeitung sinken und blickte sie über den Rand seiner Lesebrille an.

„Du auch?" entfuhr es ihm.

„Ist das alles, was dir dazu einfällt?"

Ihre Stimme drückte ihre Enttäuschung aus.

„Nein, nein Liebes", beeilte er sich zu sagen, „ich war nur so überrascht, es kam so unvorbereitet. Das ist ja wundervoll!"

In ihren Ohren klang es so überzeugend, dass sie ihm die Freude über den Familienzuwachs abnahm.

13

Heute

Dienstag 16. Februar

Kommissar Keller drehte den Zündschlüssel um und nach dem vierten Versuch sprang endlich der Motor an.

„Bloß nicht schlapp machen, alter Junge", dachte er, aber an einer neuen Batterie würde er wohl nicht vorbeikommen. In diesem Moment klingelte sein Handy. Keller nahm den Gang wieder heraus und zog die Handbremse an.

„Ja, Keller."

„Servus, Herr Kollege, hier Jäger aus Wien. Ich hoffe, ich störe nicht."

Kellers Miene hellte sich auf.

„Hallo, Kollege Jäger, ich wüsste nicht, bei was Sie mich stören könnten, im Gegenteil, ich warte schon sehnsüchtig auf Ihren Anruf."

„Dann will ich Sie nicht länger auf die Folter

spannen, aber viel ist es nicht, was ich für Sie habe. Vor etwa acht Jahren erschien diese Patrizia Jahn hier in Wien und schrieb sich als Kunststudentin ein. Ihr besonderes Interesse galt den Impressionisten und der Wiener Secession. Sie hatte eine kleine Wohnung im achten Bezirk, ging aber keiner geregelten Arbeit nach. Sie muss wohl finanziell unabhängig gewesen sein. Mehr gibt es nicht zu berichten, außer, dass sie ihr Studium mit *summa cum laude* abschloss. Sie hatte sogar eine Dissertation angemeldet, ist aber zum Rigorosum nicht erschienen."

„Das ist doch schon etwas. Sagen Sie, mich würde interessieren, über was sie die Dissertation geschrieben hat."

„Warten Sie, ah, hier steht´s, über Gustav Klimt und sein Werk."

„Dachte ich mir fast. Eine Bitte hätte ich noch, wäre es möglich an ihre Bankdaten zu kommen? Ich würde zu gerne wissen, wer das alles finanziert hat."

„Ganz legal ist das nicht, aber für Sie machen wir eine Ausnahme. Wird nur etwas dauern."

„Herzlichen Dank, Kollege Jäger, ich bin Ihnen etwas schuldig. Machen Sie´s gut."

„Besuchen Sie mich doch einfach einmal. Dann können Sie sich beim Heurigen revanchieren."

„Versprochen …"

„Ach, bevor ich es vergesse, aus den Unterlagen

geht noch hervor, dass sie in Frankfurt schon ein anderes Studium begonnen hatte, bevor sie nach Wien kam. Vielleicht können Sie damit auch etwas anfangen."

„Ja, vielen Dank. Bis dann."

„Habe die Ehre, Herr Kollege."

Nachdem das Gespräch beendet war, saß Keller, den Kopf zurückgelehnt, noch eine Weile im Auto und dachte über das soeben Gehörte nach. Doch plötzlich wurde er durch ein Klopfen aus seinen Überlegungen gerissen. Mit seinem Ärmel wischte er die mittlerweile angelaufene Seitenscheibe frei und blickte in das bärtige Gesicht eines älteren Mannes, der ihn fragend ansah. Keller drehte die Scheibe herunter.

„Ja? …"

„Isses Ihne net gut?"

„Doch, doch, ich hatte nur über etwas nachgedacht."

„Dann schalde Se doch de Modor ab, sonst verpeste Se ja die ganze Luft."

„Sie haben ja recht, ich fahre gleich, trotzdem vielen Dank für Ihre Fürsorge."

Damit kurbelte er das Fenster wieder hoch und fuhr los. Im Rückspiegel sah er den Mann immer noch Kopfschüttelnd auf der Straße stehen.

Zu Hause angekommen, rief er gleich Petersen an

und gab ihm einen kurzen Abriss dessen, was er gerade erfahren hatte.

„Geh bitte morgen gleich zur Universität und versuche etwas über den abgebrochenen Studiengang des Mädchens herauszufinden. Vielleicht bringt uns das auch ein Stückchen weiter."

„Mach ich, Chef. Gute Nacht."

Ihm war auf einmal kalt. Er drehte alle Heizkörper auf die höchste Stufe und zog sich seine alte Strickjacke über, aber die Kälte wollte nicht aus seinem Körper weichen. Waren das schon die ersten Anzeichen des nahenden Alters? Bevor noch diese Depression sich bei ihm festsetzen konnte, wischte er den Gedanken beiseite. Eine heiße Tasse Tee wäre jetzt vielleicht nicht schlecht. Eigentlich konnte er Tee nicht ausstehen, aber irgendwo müsste er noch eine Packung Matetee haben, den ihm eine Bekannte, die sich ständig Sorgen um sein Wohlergehen machte, vor langer Zeit einmal mitgebracht hatte. Aber wo hatte er das Zeug hin geräumt? Nach einigen Minuten intensiver Suche wurde er im Schrank mit den Putzmitteln fündig und brühte sich gleich eine ganze Kanne auf. Das heiße Gebräu verfehlte nicht seine Wirkung und nach der zweiten Tasse ging es ihm wieder besser. Er zündete sich eine Zigarette an und studierte im Kulturteil seiner Zeitung das Fernsehprogramm. Auf fast allen Kanälen liefen Karnevals-

sendungen, und als Alternativprogramm Volksmu-
sik, Rateshows, oder Talkshows, bei denen der IQ
der Teilnehmer kaum an den eines Suppenhuhns
heran reichte …

„Für was zahle ich eigentlich Gebühren?" dachte
er bei diesem Angebot, „Kein Wunder, wenn die
Menschheit langsam verblödet."

In einer Esoterikzeitschrift hatte er vor kurzem einen Artikel gelesen, in dem der Autor behauptete,
dass das geistige Niveau der Menschheit gezielt mit
solchen Programmen auf einem möglichst niedrigen
Stand gehalten werden soll. Er musste dabei an den
Film *Fahrenheit 451* von Francois Truffaut denken,
der, obwohl schon über vierzig Jahre alt, aktueller
war denn je.

Scheint etwas dran zu sein, dachte er frustriert,
faltete die Zeitung wieder zusammen, ging zu Bett
und fiel gleich in einen traumlosen, festen Schlaf.

Mittwoch 17. Februar

Am nächsten Morgen wurde Keller durch das un-
aufhörliche Läuten seines Telefons aus dem Schlaf
gerissen. Er setzte sich langsam im Bett auf, rieb sich
die Augen und griff nach dem Hörer.

„Endlich! ´Morgen Chef", meldete sich Petersen,
„Sie werden hier gesucht."

„Was ist denn los, verdammt?"

„Sie sollen umgehend zum Dezernatsleiter kommen. Er hat mich schon in die Mangel genommen, und wollte wissen, wo Sie stecken."

Keller hatte eine böse Vorahnung.

„Was hast du ihm gesagt?"

„Ich habe gesagt, dass Sie einen Arzttermin hätten und danach gleich kämen."

„Guter Junge. In einer Stunde bin ich da."

Langsam legte er den Hörer zurück, kratzte sich am Hinterkopf und überlegte, was sein Chef so dringend von ihm wollte. Es konnte ja eigentlich nur mit dem Mord in Nied zusammenhängen. Dass man ihn noch schnell vor der Pensionierung befördern würde, war wohl ausgeschlossen. Er schob die Beine über die Bettkante, streckte sich und schlurfte in die Küche. Dabei viel sein Blick auf die Wanduhr. Es war schon nach Neun.

„Kein Wunder, dass sie mich suchen", dachte er, „aber Zeit für einen Kaffee muss sein."

***

Als Keller das Sekretariat des Dezernatsleiters betrat, bedachte ihn die Sekretärin nur mit einem bösen Blick, und bedeutete ihm, mit einer kaum wahrnehmbaren Bewegung ihres Kopfes, dass er gleich durchgehen könne. Kaum hatte er das Allerheiligste betreten, als Kriminalrat Schuster mit hochrotem

Kopf hinter seinem Schreibtisch aufsprang und los polterte.

„Diesmal sind Sie zu weit gegangen, Keller. Was fällt ihnen eigentlich ein? Das wird Konsequenzen haben."

„Wenn Sie mir noch sagen könnten, um was es geht, kann ich vielleicht auch antworten", entgegnete er ruhig.

Die Adern auf der Stirn des Kriminalrats schwollen bedrohlich an, und Keller hatte schon die Befürchtung, er würde hier und jetzt platzen, oder zumindest einen Infarkt bekommen. Nicht, dass er das sehr bedauern würde, aber der Schlag sollte ihn wenigstens nicht in seiner Anwesenheit treffen.

„Um was es geht? Sie fragen auch noch so unverschämt, um was es geht? Es geht darum, dass Sie mit ihrem unfähigen Assistenten unerlaubter Weise in einem Fall ermitteln, der erstens nicht Ihr Fall ist, und zweitens von Hauptkommissar Liebeneiner schon bravourös aufgeklärt wurde. Und dies, obwohl Ihre Vorarbeit mehr als dürftig war."

Keller schluckte seinen Ärger herunter, obwohl er seinem Vorgesetzten liebend gerne den Hals umgedreht hätte. Von wegen unfähiger Assistent. Petersen ist besser als alle Liebeneiners dieser Welt zusammen. Und ihre Ermittlungen waren alles andere als dürftig.

„Wer behauptet das?"

„Wollen Sie etwa abstreiten, den Mörder in der Untersuchungshaft aufgesucht zu haben?"

Keller war erleichtert. Wenn es nur das war. Da hatte wohl ein übereifriger Vollzugsbeamter geplaudert.

„Nein, das will ich keineswegs abstreiten, aber", fuhr er schnell fort, bevor ihm der Kriminalrat ins Wort fallen konnte, „es war ein privater Besuch."

Schuster glotzte ihm einen Moment lang, um Verständnis ringend, ins Gesicht. Dann nahm sein Kopf die Farbe einer reifen Tomate an.

„Wie bitte? Habe ich das jetzt richtig verstanden? Ein Kommissar meines Dezernats besucht privat einen Mörder im Gefängnis. Kennen Sie dieses Subjekt eventuell noch persönlich?"

„Nein, ich kenne ihn nur von unserer ersten Zeugenbefragung. Außerdem ist er ja, soviel ich weiß, noch nicht verurteilt, und in diesem Land gilt ja wohl immer noch die Unschuldsvermutung, oder?"

„Er ist schuldig! Liebeneiner hat das eindeutig bewiesen. Sie sollten sich ein Beispiel an diesem jungen Kollegen nehmen. Er hat einen messerscharfen, analytischen Verstand und er ist obendrein noch ein Teamplayer, was man von Ihnen ja wohl alles nicht behaupten kann."

„Glaube ich nicht."

„Was glauben Sie nicht?"

„Ich glaube nicht, dass dieser Kunstmaler der Mörder ist."

„Und wieso nicht? Haben Sie Beweise?"

„Wie soll ich Beweise haben, wenn ich in diesem Fall nicht ermitteln kann? Es ist nur ein Gefühl und außerdem hat Liebeneiner auch keine Beweise, sondern nur Indizien."

„Das wird reichen", wischte Schuster alle aufkommenden Bedenken beiseite, „was wollten Sie eigentlich von ihm?"

„Ach, ich interessiere mich in meiner Freizeit für Malerei und wollte von ihm nur eine professionelle Meinung über ein Bild hören. Das war alles."

„So, das war alles. Lassen Sie sich gesagt sein, Keller, bei der nächsten Unregelmäßigkeit lasse ich Sie noch vor Ihrer Pensionierung suspendieren! Ist das klar?"

„Ist klar, Herr Kriminalrat."

Keller deutete eine leichte Verbeugung an und verließ das Büro. Die Dame im Vorzimmer würdigte ihn keines Blickes.

Ob es eine Voraussetzung ist, einen bestimmten Grad von Dummheit und Ignoranz zu besitzen, um in die gehobene Laufbahn zu gelangen? Bei Kriminalrat Schuster und Hauptkommissar Liebeneiner war das offensichtlich der Fall. Davon war Keller absolut überzeugt.

***

„Verdammtes Arschloch!" polterte er los, als wieder sein Büro betrat und die Türe so vehement zuwarf, dass Petersen vor Schreck seinen Kaffee auf eine vor ihm liegende Akte verschüttete.

„Was war denn los, Chef?" fragte er, während er versuchte mit einem Papiertaschentuch den Schaden in Grenzen zu halten.

„Irgendein Vollzugsbeamter hat ihm wohl gesteckt, dass ich Volkmann besucht habe …"

„Habe ich es Ihnen nicht gesagt?" unterbrach ihn Petersen.

„… und er war der Meinung, dass wir unerlaubter Weise in diesem Fall ermitteln würden", fuhr Keller unbeirrt fort, „außerdem hält er uns beide für unfähig. Wir sollten uns ein Beispiel an Hauptkommissar Liebeneiner mit seinem messerscharfen, analytischen Verstand nehmen."

Beim letzten Satz hatte er die Stimme und Gestik Schusters nachgeahmt und Petersen konnte sich nicht mehr halten vor Lachen.

„Ich bin auf sein Gesicht gespannt, wenn wir ihm den wahren Täter präsentieren."

„Ich erst, aber wie machen wir nun weiter? Der wird uns jetzt auf Schritt und Tritt beobachten."

„Wie bisher – ich glaube nicht, das er uns noch

156

weitere Aufmerksamkeit schenken wird. Dafür sind wir ihm zu unwichtig. Ich, für meinen Teil, habe jedenfalls für heute die Schnauze voll. Komm heute Abend zu mir – sagen wir um acht Uhr, dann reden wir weiter."

***

Keller stieg in die U-Bahn und fuhr Richtung Innenstadt. Er brauchte jetzt Abwechslung, eine andere Umgebung, um seine Gedanken zu ordnen.

„Nächster Halt, Hauptwache", hörte er eine sanfte Stimme, die ihn an eine Erotikwerbung aus dem Fernsehen erinnerte, aus den Lautsprechern sagen.

Als die Türen sich öffneten, wurde Keller von hinten aus dem überfüllten Zug gedrückt, was ihn in seiner Abneigung gegenüber öffentlichen Verkehrsmitteln weiter bestätigte. Er beeilte sich, von dem ebenfalls überfüllten Bahnsteig nach oben, ans Tageslicht zu gelangen. Kaum war er die Treppe zur Hauptwache hoch gestiegen, als er von einer Gruppe Skateboarder, die dort täglich ihr Unwesen trieben, fast über den Haufen gefahren wurde, und sich dafür obendrein noch deren wüsten Beschimpfungen anhören musste. Hatten die keine Schule? Jedenfalls keine Erziehung, das stand für ihn fest. Aber dachte er jetzt nicht selbst so, wie früher *seine* Eltern dachten? Keller schüttelte den Kopf, stellte den Kragen hoch und vergrub die Hände in seinen Manteltaschen. Er hatte andere Sorgen, und um die lösen zu können, musste er in Ruhe nachdenken. Er lenkte seine Schritte in Richtung Töngesgasse, zum *Café Mozart*, einem der letzten, traditionellen Kaffeehäuser in Frankfurt. Dort hoffte er, die nötige Entspannung zu finden, die er jetzt dringend brauchte, um seine Gedanken zu sortieren.

Bis auf zwei ältere Damen, die an einem Tisch am Fenster saßen, und Sahnetorte in sich hineinschaufelten, war das Café leer. Er nahm an einem der hinteren Tische Platz und bestellte sich einen Cappuccino.

Gedankenverloren rührte er den Zucker in die Tasse. Dann legte er seinen Notizblock und den Füllfederhalter auf den Tisch und starrte eine Weile darauf, so, als ob ihm beim Anblick dieser Utensilien eine Erleuchtung kommen müsste.

Konzentriere dich, Keller. Lass dich nicht ablenken. Was haben wir? Eine junge Frau, die zu einem Kostümball der besseren Gesellschaft unterwegs war, wurde mir einer scharfen Langwaffe – Machete oder ähnliches – ermordet. Ihr Name – Patrizia Jahn – steht aber nicht auf der Gästeliste des einzig in Frage kommenden, privaten Festes, dessen Gastgeber ein bekannter Bankier ist. Ein betrunkener Künstler hatte sie kurz vor ihrem Tod gesehen, lief ihr ein paar Schritte nach, um dann umzukehren, nach Hause zu gehen und sie zu malen. Die Ermordete kam vor kurzer Zeit erst aus Wien, wo sie ein Kunststudium absolviert hatte, zurück nach Frankfurt und nahm eine Stelle als Restaurateurin im Städel an. Irgendjemand hatte ihr Studium finanziert; aber wer? Wer hat ihr die Einladung geschickt, und warum stand sie, trotz Einladung nicht auf der Gästeliste? Er konnte ja schlecht zu Liebeneiners zukünftigen Schwiegervater gehen und ihn fragen – aber bitte sagen sie nichts Ihrem Schwiegersohn! Und wie passten die Unterlagen, die er in ihrer Wohnung fand, ins Bild? Ins Bild passen – diese Umschreibung war vielleicht gar nicht so schlecht. Trotzdem blieben nur Fragen.

Keller bestellte sich noch einen Cappuccino. Er hatte keine Lust noch einmal ins Büro zu gehen, und vermissen würde ihn ja ohnehin niemand.

Ein junges Pärchen betrat das Café. Er hatte seinen rechten Arm um sie gelegt und sie schmiegte ihren Kopf liebevoll an seine Schulter. Als sie sich für einen Tisch entschieden hatten, half der junge Mann seiner Freundin aus dem Mantel und wartete, bevor er sich setzte, bis sie Platz genommen hatte.

„Das es so etwas noch gibt." dachte Keller und fühlte sich wehmütig an die Zeit zurück erinnert, als er mit seiner damaligen Freundin gelegentlich das *Café Wipra* aufsuchte, um zu diskutieren und die berühmte Russische Schokolade zu trinken, sofern er denn genügend Geld zusammengespart hatte.

„Irgendwie war früher doch alles schöner", dachte er, „die Menschen weniger hektisch und die Musik war auch besser."

***

Pünktlich um acht Uhr am Abend stand Petersen vor Kellers Türe.

Er hatte ein paar schmale Schnellhefter fest unter den Arm geklemmt; ganz so, als würde er befürchten, dass sie ihm jemand entreißen wolle.

„Komm rein, mein Junge. Willst du 'n Bier?"

„Ja, gerne."

Als Keller mit zwei Bierflaschen und zwei Gläsern in sein Wohnzimmer kam, stand Petersen noch immer dort, und hielt seine Schnellhefter fest.

„Was ist? Schmeiß den Kram auf den Tisch und setz dich endlich."

„Also Chef", begann Petersen, nachdem er Platz genommen hatte, „zuerst war ich beim Dekan der Uni. Diese Patrizia Jahn hatte sich für ein Soziologie-Studium eingeschrieben, welches sie aber nach dem dritten Semester, ohne Angabe von Gründen aufgab. Sie wurde danach auch nicht mehr an der Uni gesehen."

„Das könnte passen", meinte Keller und nahm einen Schluck Bier. „Sie hat dann offensichtlich im nächsten Semester ihr Studium in Wien begonnen. Da erwarte ich noch einen Anruf des dortigen Kollegen."

„Dann war ich auf dem Einwohnermeldeamt und habe mir eine Geburtsurkunde von ihr besorgt."

Petersen kramte in seinen Papieren bis er sie gefunden hatte.

„So, hier haben wir es. Patrizia Jahn wurde am fünften Juni neunzehnhundertachtzig in Frankfurt geboren. Mutter ist Gerlinde Jahn. Vater ist unbekannt."

„Wie, unbekannt?" unterbrach ihn Keller, „Was heißt das denn?"

„Ganz einfach, das heißt, dass kein Vater angegeben wurde. Vielleicht konnte sie ihn nicht zweifelsfrei angeben, oder sie wollte aus es aus persönlichen Gründen nicht. Dazu ist die Mutter ja auch nicht verpflichtet. Jedenfalls habe ich auch das Krankenhaus herausgefunden, in dem sie auf die Welt kam. Patrizia Jahn wurde im Bethanien Krankenhaus in Bornheim entbunden."

„Gut, aber das hilft uns jetzt auch nicht gerade viel weiter."

„Moment Chef, etwas habe ich noch."

„Dann raus damit, und spann mich nicht so auf die Folter."

„Beinahe genau vier Monate später wurde im gleichen Krankenhaus Dorothea von Rosenheim geboren."

Keller verschluckte sich fast an seinem Bier, als er den Namen hörte.

„Verdammt! Bei allem, was wir im Zusammenhang mit diesem Fall anfassen, taucht der Name *von Rosenheim* auf, aber nie gibt es eine Verbindung."

Er steckte sich eine Zigarette an und schenkte noch etwas Bier nach.

„Wir verhören einen tatverdächtigen Maler, dessen Mentor ist Werner von Rosenheim. In Wien wird einem Museum ein Gemälde von Klimt gestiftet, das seit dem Krieg als wahrscheinliche Nazi-Beutekunst verschollen war. Wer war der Stifter? Johann von Rosenheim. Unsere Tote hatte die entsprechenden Zeitungsartikel in ihren Unterlagen. Sie wurde auf dem Weg zu einem Kostümfest ermordet, dessen Gastgeber Werner von Rosenheim war. Jetzt stellt sich heraus, dass die Tote und die junge Rosenheim fast zeitgleich im gleichen Krankenhaus das Licht der Welt erblickt haben. So viele Zufälle kann es doch nicht geben, oder?"

Petersen setzte sein Glas ab.

„Eigentlich nicht, Chef. Das ist schon mehr, als seltsam."

„Du hattest mir doch etwas von einer toten Haushälterin bei den Rosenheims erzählt. Bist du da schon weiter gekommen?"

„Noch nicht, Chef, aber da hänge ich mich morgen dran."

„Gut, aber sei vorsichtig. Wir können nicht auch noch Ärger mit diesem Bänker gebrauchen."

„Ist doch klar, Chef."

„Ich hole uns noch ein Bier. Du trinkst doch auch noch eins?"

Ohne die Antwort abzuwarten stand Keller auf. In diesem Moment klingelte sein Handy.

„Ja?"

„Guten Abend, Kollege Keller. Hier Jäger aus Wien. Ich störe hoffentlich nicht?"

„Sie stören nie."

„Ich schulde Ihnen noch die Auskunft über die Bankdaten dieser Patrizia Jahn."

„Ach ja, lassen Sie hören."

Als Keller kurz darauf das Gespräch beendet hatte, sah er Petersen nachdenklich an.

„Ich glaube, wir haben unsere Verbindung. Diese Patrizia Jahn bekam regelmäßig jeden Monat zweitausend Euro auf ihr Konto in Wien überwiesen. Und jetzt rate mal von wem?"

14

November 2001

Sie hatte einen Entschluss gefasst. Lange hatte sie darum mit sich selbst gerungen. Viel zu lange, wie sich nun eingestand. Ihre Mutter lebte seit zwei Jahren in einem Pflegeheim und es ging langsam zu Ende. Wenn man den Ärzten glauben durfte, bekam die alte Dame nichts mehr davon mit. Sie selbst hatte also nur noch sich und ihre Tochter, ihr ganzer Stolz.

Ausgelöst hatte alles ein Gespräch mit ihrer Mutter vor ein paar Jahren, als ihre Mutter noch bei Kräften und vollem Verstand war. Bis dahin hatte sie ein, wie sie fand, schönes und sorgloses Leben geführt. Sie hatte eine gute Anstellung, mit einem mehr als guten Gehalt. Der Vater ihrer Tochter kümmerte sich um sie und das Kind, obwohl er es niemals offen anerkennen konnte. Aber das war ihr schon damals klar, als sie sich auf das Verhältnis mit diesem verheirateten Mann einließ, der zu allem Überfluss auch noch ihr Arbeitgeber war und noch immer ist.

Ihre Mutter hatte ihr eine, für sie beinahe unglaubliche Geschichte erzählt. Eine Geschichte über sie, ihre Herkunft und ihre Familie.

So hatte sie erfahren, dass ihre Großeltern Juden hier aus Frankfurt waren, die während des zweiten Weltkriegs durch Denunziation eines Nachbarn in ein Konzentrationslager deportiert wurden, wo sie auch beide den Tod fanden. Ihr beträchtliches Vermögen, welches zum größten Teil aus Kunstschätzen bestand, wurde von den Nazis geraubt, und blieb verschollen. Ihre Mutter wurde bei Ausbruch des Krieges in die Schweiz zu Bekannten gebracht. Ihr Vater, den sie nie kennen lernen konnte, starb kurz nach ihrer Geburt bei einem Autounfall. Sie selbst kam in Zürich zur Welt. Kurz darauf zog ihre Mutter mit ihr zurück in ihre Heimatstadt – zehn Jahre nach Kriegsende.

***

Gerlinde Jahn stellte den Kragen ihres Mantels auf. Abends war es schon empfindlich kalt. Nervös lief am Ufer des Mains hin und her. Sie hatte ihren Wagen auf einem Parkplatz am Griesheimer Ufer, unmittelbar neben der Abwasserreinigungsanlage, abgestellt. Im Hintergrund reckte ein Verladekran seinen Ausleger in den Nachthimmel. Die Gegend war ihr in der Dunkelheit nicht geheuer, aber sie hatte bewusst einen einsamen Ort für die Unterredung gesucht, zu der sie sich entschieden hatte und die ihr nun bevorstand.

Ein Scheinwerferpaar näherte sich. Sie duckte sich in den Schatten des Krans und ihr Herz klopfte bis zum Hals. Die Scheinwerfer bogen nicht ab, sondern verschwanden in der Dunkelheit. Erleichtert richtete sie sich auf. Langsam kamen ihr Zweifel an dem, was sie vorhatte. Musste das wirklich sein? Konnte man die bösen Geister der Vergangenheit nicht einfach ruhen lassen? Nein, das war sie ihrer Mutter, sich selbst und auch ihrer Tochter schuldig. Sie war so in Gedanken versunken, dass sie die große Limousine nicht bemerkte, die leise, langsam und mit ausgeschalteten Scheinwerfern auf den Parkplatz rollte. Ein gut gekleideter Mann mittleren Alters stieg aus und ging langsam auf sie zu.

„Hallo Gerlinde", sagte der Mann, „kannst du mir mal erklären, was dieser Zirkus hier soll?"

Gerlinde Jahn fuhr erschrocken um. Sie hatte das Gefühl, als wäre ihr der Boden unter den Füßen entzogen worden. Nur mühsam konnte sie sich aufrecht halten.

„Hallo Werner, ich habe dich gar nicht kommen gehört."

„Das habe ich gemerkt. Also, was soll dieses Theater hier?"

Werner von Rosenheim war sichtlich ungehalten.

„Ich … ich …", sie rang nach den richtigen Worten, „ich muss einige Dinge mit dir klären."

„Hättest du das nicht zu Hause tun können? Wir haben doch sonst auch alles offen besprechen können. Warum müssen wir uns wie zwei Verbrecher, mitten in der Nacht, an so einem gottverlassenen Ort treffen? Findest du das nicht etwas theatralisch?"

„Zu Hause konnten wir uns auch nur privat sehen und sprechen, wenn deine Frau gerade einmal nicht anwesend war. Ich wollte sicher sein, dass wir ungestört sind."

„Ach so ist das. Du bist mit deiner Situation nicht mehr einverstanden. Das wusstest du aber alles, als du dich damals mit mir eingelassen hast. Und vergiss bitte nicht, dass dies damals von dir ausging. Wir waren uns damals auch einig, dass es keine Konsequenzen für mich haben konnte und durfte. Außerdem, habe ich bisher nicht alles für dich und deine … ich meine unsere Tochter getan?"

„Das weiß ich ja, und es hat damit auch bestimmt nichts zu tun."

„So, was ist es denn?"

„Komm, wir gehen ein Stück. Es ist so kalt."

Langsam schlenderten Sie an der Kaimauer entlang. Beide hatten die Hände in ihren Manteltaschen vergraben. Einige Meter tiefer klatschten die Wellen gegen den Beton.

„Ich muss über etwas Gewissheit haben. Ich trage schon lange eine große Last mit mir herum. Vor ein paar Jahren hatte ich ein langes Gespräch mit meiner Mutter. Im Verlauf dieser Unterhaltung klärte sie mich über meine Herkunft auf."

„Wie meinst du das?"

Und so erzählte sie ihm, dass ihre Mutter, Elisabeth Jahn, eine geboren Spiegel ist und aus Frankfurt stammt. Dass ihre Großeltern, Joseph und Eva Spiegel, deportiert wurden und im Konzentrationslager starben, während die Tochter in der Schweiz in Sicherheit war, und dass die Kunstsammlung der Spiegels von den Nazis geraubt wurde.

Werner von Rosenheim beschlich eine dunkle Vorahnung von dem, was nun noch kommen musste. Wenn es das war, was er dachte, war dies noch wesentlich schlimmer, als sein Seitensprung mit dieser Frau vor zwanzig Jahren.

„Was willst du mir damit sagen?" fragte er vorsichtig.

„Meine Mutter erzählte mir auch etwas, das sie viele Jahre mit sich herumgetragen hatte, ohne jemandem davon zu erzählen."

„Was war das?" Er war jetzt bis zum Zerreißen gespannt.

„Ende der Fünfziger Jahre, kurz nachdem der Vater deiner Mutter gestorben war, entdeckte sie in dem Schlafzimmer deiner Eltern, beim Betten machen, ein Gemälde an der Wand über dem Bett, was vorher nicht dort hing."

Sie waren stehen geblieben.

„Weiter!" Zorn kochte in ihm hoch. Er wusste, was jetzt noch kam, und doch wollte er es aus ihrem Munde hören.

„Na ja, sie hatte das Gefühl, das Bild zu kennen. Später war sie sich ganz sicher, dass dieses, und noch ein anderes Bild vom gleichen Künstler, früher bei ihren Eltern im Haus hing. Angeblich befindet sich das Bild jetzt in eurer Villa in Königstein. Ich will jetzt endlich Klarheit darüber haben. Was haben deine Eltern mit dem Tod meiner Großeltern zu tun? Ihr engagiert euch doch so für die Kunst. Hat deine Familie etwas mit der geraubten Kunstsammlung der Spiegels zu tun?" Ihre Stimme klang mittlerweile hysterisch.

„Was willst du? Willst du mehr Geld? Kein Problem, aber lass meine Eltern und die Bank da raus! Haben wir uns verstanden?" Auch seine Stimme war lauter geworden.

Ihr standen vor Wut und Enttäuschung die Tränen in den Augen.

„Was hältst du von mir? Ich will dein Geld nicht.

Ich habe noch nie Geld gefordert, auch nicht für unser Kind!"

„Was willst du dann?"

„Ich will Klarheit. Klarheit darüber, was damals geschehen ist. Und ich will Gerechtigkeit. Wenn deine Familie unrechtmäßig in den Besitz dieses Bildes gekommen ist, muss das wieder gut gemacht werden, falls das überhaupt noch möglich ist."

„Ach so, du willst ein Bild, dass Millionen wert ist. Verstehe."

„Gar nichts verstehst du!" schrie sie ihn an, „Ich will, dass die Vergangenheit ans Tageslicht gebracht wird. Ich will dieses schmutzige Kapitel der Geschichte für uns schließen. Dann kann meine Mutter, die dies Jahrzehnte lang in sich getragen hat, in Frieden gehen."

Der Bankier drohte die Fassung zu verlieren und ballte seine Fäuste in der Tasche.

„Und wie stellst du dir das vor? Wie du wissen solltest, waren weder meine Großeltern, noch meine Eltern Nazis."

„Wie kommen sie dann an dieses Bild? Ich will, dass du dich öffentlich erklärst und das Bild als Wiedergutmachung an das Jüdische Museum hier in Frankfurt übergibst. Das ist alles."

Jetzt war es raus und Erleichterung machte sich in ihr breit.

„Das ist Alles!" schrie er sie an, „Das ist Alles? Damit wäre der gute Ruf unserer gesamten Dynastie unwiderruflich zerstört! Der Name einer der traditionsreichsten Privatbanken in diesem Land in den Schmutz gezogen! Und das nur wegen diesem scheiß Bild? Kommt überhaupt nicht in Frage! Und dir rate ich, dieses Thema zu vergessen, ist das klar?"

„Nein, gar nichts ist klar. Ich werde jedenfalls nicht aufgeben..."

***

Werner von Rosenheim rannte zu seinem Wagen. Er hatte die Contenance verloren, aber schließlich *musste* er etwas unternehmen. Keinesfalls konnte er zulassen, dass der gute Name seiner Familie mit negativen Schlagzeilen durch die Medien gezogen wurde. Warum konnte man nicht einfach das, was war, vergessen? Wem nutzte es noch etwas, die alten Geschichten wieder hochkochen zu lassen?

Aus, vorbei, begraben. Irgendwann musste es doch einmal gut sein.

Mit durchdrehenden Rädern raste er vom Parkplatz auf die Stroofstraße und verschwand in der Nacht.

***

Patrizia Jahn schaltete den Wecker aus, streckte sich kurz und stand auf. Das frühe Aufstehen war für sie kein Problem. Sie war es durch die Arbeit ihrer

171

Mutter Zeit Lebens gewohnt.

Im Flur war es dunkel, und auch sonst war kein Geräusch in der Wohnung zu hören. Ob die Mutter gegangen war, ohne sich zu verabschieden? Das hatte sie noch nie getan. Patrizia ging in die Küche und schaltete das Licht an. Alles schien unberührt. Keine Kaffeekanne und keine Tasse auf dem Tisch, kein Zettel mit einem Hinweis – nichts. Ein eigenartiges Gefühl der Angst beschlich sie. Vielleicht ging es ihr nicht gut. Patrizia öffnete leise die Türe zum Schlafzimmer ihrer Mutter und horchte in die Dunkelheit – auch hier nichts. Um sich zu vergewissern, trat sie vorsichtig ans Bett. Es war unberührt. Ihre Mutter war die vergangene Nacht nicht zu Hause. Um sich zu beruhigen stellte sie sich vor, ihre Mutter hätte einen Mann kennengelernt, und vielleicht die Nacht bei ihm verbracht. Warum nicht? Sie war schließlich eine äußerst attraktive Frau.

Beruhigt ging sie ins Bad. Sie wollte heute unbedingt die erste Vorlesung besuchen und wenn sie nicht früh genug erschien, konnte sie sich irgendwo auf eine Stufe im Lehrsaal setzen. Die Vorlesungen waren hoffnungslos überfüllt.

Gerade, als sie die Wohnung verlassen wollte, klingelte das Telefon. Das war bestimmt ihre Mutter.

„Ja, guten Morgen Patrizia, hier *von Rosenheim*, ist deine Mutter krank? Sie ist bis jetzt nicht zur Arbeit erschienen."

Patrizias Knie wurden weich und sie musste sich auf den Boden setzen.

„Nein, ich dachte, sie wäre schon bei Ihnen."

„Wieso? Ist sie denn nicht zu Hause?"

„Nein, sie ist wohl in der Nacht noch einmal weggegangen und nicht mehr nach Hause gekommen. Ihr ist bestimmt etwas passiert."

„Das sieht ihr ja wirklich nicht ähnlich. Nun beruhige dich erst einmal. Ich rufe bei der Polizei an und lasse sie suchen."

„Vielen Dank, lassen Sie mich bitte gleich wissen, wenn Sie etwas erfahren. Ich bleibe auch zu Hause; an die Uni brauche ich erst gar nicht denken."

„Selbstverständlich, mein Kind. Kopf hoch, es wird schon nichts schlimmes sein."

***

Ruhelos wanderte Patrizia in der Wohnung umher, nie das Telefon aus den Augen lassend, so, als könne sie ihm suggerieren, endlich die erlösende Nachricht zu bringen.

Gegen Mittag läutete es an der Türe. Endlich! Sie rannte durch den Flur. Doch als sie den Türöffner betätigte, wich die erste Euphorie. Warum läutete ihre Mutter? Sie hatte doch einen Schlüssel.

Beim Anblick der beiden Polizisten, die vor ihrer Türe standen, schossen ihr die Tränen in die Augen.

„Frau Jahn?"

„Was ist mit ihr?" die Frage war nur noch ein kaum wahrnehmbares Flüstern.

„Es tut uns sehr leid, Ihre Mutter wurde tot aufgefunden. Können wir herein kommen?"

Rein mechanisch drehte sie sich um und ging voraus, ins Wohnzimmer. Dort setzte sie sich in einen Sessel und vergrub das Gesicht in den Händen. Die beiden Polizisten waren ihr gefolgt und nahmen auf der Couch Platz.

„Was ist ihr passiert?"

„Sollen wir einen Arzt holen?" fragte einer der Polizisten besorgt.

Patrizia Jahn hob den Kopf und sah die Beiden an. Ihr Blick war gefasst.

„Ich will keinen Arzt, ich will wissen, was meiner Mutter zugestoßen ist."

„Sie wurde in Griesheim aus dem Main geborgen. Zwei Arbeiter hatten sie dort heute Morgen entdeckt."

Konsterniert sah sie die beiden Polizisten an. In Griesheim?

„Was soll sie denn da gemacht haben?"

„Wir hatten eigentlich gehofft, dass Sie uns diese Frage beantworten könnten. Ist Ihre Mutter häufiger spät ausgegangen?"

„Nein, eigentlich nie. Als ich gestern Abend ins

Bett ging, war sie ja auch noch da."

„Wann war das?"

„So gegen halb zehn. Ich musste heute früh aufstehen. Aber sind sie sicher, dass es sich um meine Mutter handelt?"

Patrizia hatte immer noch die Hoffnung, jeden Moment den Schlüssel im Schloss zu hören, und ihre Mutter würde erscheinen.

„Ziemlich sicher. Wir haben ihre Handtasche mit ihren Papieren ein paar Meter weiter flussaufwärts auf dem Parkplatz gefunden, auf dem auch ihr Auto stand. Wir müssen Sie jedoch bitten, Ihre Mutter zweifelsfrei zu identifizieren. Morgen früh um neun Uhr wird sie ein Wagen abholen und zur Gerichtsmedizin bringen."

Sie nickte und ihr Blick ging ins Leere.

„Etwas muss ich noch wissen", hakte einer der Polizisten nach, „können Sie sich vorstellen, dass Ihre Mutter sich selbst das Leben genommen haben könnte? Ich meine, gab es diesbezügliche Anzeichen; eine Depression?"

Patrizia brauchte einen Moment, bis der Sinn dieser Frage zu ihr durchgedrungen war.

„Meine Mutter und Selbstmord? Niemals!" ihre Stimme überschlug sich jetzt fast, „Wie kommen Sie auf solche eine absonderliche Idee?"

„Nun, so absonderlich ist das nicht. Wir haben

den ganzen Parkplatz abgesucht, auf dem wir die Handtasche gefunden hatten. Nirgendwo waren Spuren einer Gewalthandlung zu sehen. Die Tasche lag direkt am Rand der Kaimauer und der Inhalt der Tasche scheint komplett zu sein; Geld, Papiere, Schlüssel, alles vorhanden. Ihre Mutter wies keine Verletzungen auf, ihre Kleidung war in Takt und sie trug eine ziemlich noble Armbanduhr. Wie Sie sehen, können wir nicht unbedingt von Raub und äußerer Gewaltanwendung ausgehen."

Als sie sahen, dass die junge Frau keine Anstalten machte, noch etwas zu sagen, erhoben sich die beiden Polizisten.

„Bemühen Sie sich nicht, wir finden hinaus. Auf Wiedersehen."

Als sie gerade die Wohnungstüre hinter sich schließen wollten, hörten sie Patrizia rufen: "Sie konnte nicht schwimmen."

„Sie konnte doch gar nicht schwimmen", flüsterte sie noch einmal leise und Tränen rannen ihr über das Gesicht.

***

Nach der Beisetzung auf dem jüdischen Friedhof in Frankfurt, hatte Werner von Rosenheim die Trauergäste in sein Stadthaus geladen. Eine exklusive Cateringfirma sorgte für das leibliche Wohl der Gäste und ein Streicherensemble sorgte mit Werken von

Tartini, Vivaldi und Albinoni für dezente Unterhaltung.

Patrizia Jahn stand mit der gleichaltrigen Dorothea von Rosenheim etwas Abseits in ein Gespräch vertieft, als Dorotheas Vater erschien und Patrizia zu einem Gespräch in sein Arbeitszimmer bat.

„Meine liebe Patrizia", begann er und seine Fingerspitzen trommelten nervös auf die Schreibtischplatte, „du weißt, dass deine Mutter und du immer zu unserer Familie gehört habt und auch immer gehören werdet. Daher kann ich es nicht mit ansehen, wie du dich grämst und verkriechst. Du hast seit über einer Woche die Universität nicht mehr besucht. So schrecklich das alles für dich und für uns alle war, du musst weiter leben, etwas aus deinem Leben machen. Daher hätte ich dir einen Vorschlag zu unterbreiten. Was würdest du davon halten, dein Studium in einer anderen Stadt oder einem andern Land fortzusetzen? Wegen der Kosten und der Unterkunft brauchst du dir keine Gedanken zu machen, dafür werde ich sorgen. Was hältst du davon?"

Patrizia hob den Kopf und sah ihn an.

„Ich weiß ihr großzügiges Angebot zu schätzen aber …"

„Ach was …", unterbrach er sie, „ich sagte doch, du gehörst zur Familie."

„… aber ich benötige noch etwas Zeit."

„Na gut, wie du meinst. Aber du kannst jederzeit zu mir kommen."

***

Einige Tage später fühlte Patrizia sich stark genug, den Nachlass ihrer Mutter zu sichten. Sauber und ordentlich waren alle Schriftstücke, wie Rechnungen, Versicherungspolicen und Kontoauszüge in Ordnern abgeheftet. Zwischen diesen ganzen Ordnern fand sie ein, in Leder gebundenes Fotoalbum, welches ihr Interesse weckte. Doch statt der erhofften Familienfotos, fand sie nur jede Menge lose eingelegte Zeitungsartikel und Fotos, die, wie es schien, aus Zeitschriften herausgeschnitten waren. Nachdem sie den Inhalt überflogen hatte, wich die anfängliche Enttäuschung nun der Neugier. Sie nahm das Album mit in die Küche, bereitete sich eine Kanne Tee und las aufmerksam bis spät in die Nacht alle Artikel.

Auch danach war an Schlaf nicht zu denken, und so fing sie an, den Sekretär ihrer Mutter zu durchstöbern. Die mittlere Schublade war abgeschlossen, aber keiner der anderen Schlüssel passte in das Schloss. Zuerst versuchte sie erfolglos die Schublade mit einem Brieföffner aufzuhebeln. Wo könnte der Schlüssel sein? In Fernsehkrimis klebten sie meist unter den Schubladen oder auf der Rückseite von Schränken, aber auch diese Suche blieb erfolglos. Dann fiel ihr ein, dass bei den Sachen ihrer Mutter, die sie von der Polizei ausgehändigt bekam, ein Schlüsselbund war. Und an diesem Schlüsselbund hing auch der gesuchte Schlüssel zur Schublade. Warum ihre Mutter wohl den Schlüssel immer bei sich trug? Die Antwort fand sie kurz darauf in einem kleinen Holzkästchen.

***

Am nächsten Vormittag rief Patrizia Werner von Rosenheim an, um ihm mitzuteilen, dass sie sein Angebot annehmen und in Wien ein Kunststudium beginnen wolle.

15

Heute

Donnerstag 18. Februar

Kommissar Keller saß mit einer Tasse Kaffee in seiner Küche und starrte hinaus, auf die regennasse Straße. Winterliche Tristesse. Zwei Frauen mit bunten Regenschirmen eilten vorbei.

Der Tag seiner vorzeitigen Pensionierung rückte unaufhaltsam näher. Und dann? Was kam dann? Er hatte gelesen, dass viele Menschen, die mit ihrem Beruf verheiratet waren, in dieser Situation in ein Loch fallen würden, ja sogar Depressionen bekämen. Er hatte sich schon oft eingeredet, dass ihm so etwas nicht passieren würde. Hatte er dann endlich die Zeit, für die schönen Dinge des Lebens. Doch je öfter er darüber nachdachte, umso größer wurden seine Zweifel.

Er schüttelte die düsteren Gedanken ab, wie eine lästige Fliege. Darüber konnte er später noch genug sinnieren. Doch bis es soweit war, wollte er unbedingt diesen Fall abschließen. Einerseits, um zu beweisen, dass man ihm und seinem Assistenten Petersen die ganzen Jahre Unrecht getan hat; andererseits, um dem verhassten Kriminalrat Schuster und dem arroganten Schnösel Liebeneiner eins auszuwischen.

Über einige Dinge brauchte Kommissar Keller noch Klarheit, und die wollte er sich jetzt gleich beschaffen. Er informierte Petersen, dass er später ins Büro kommen würde, zog seinen Trenchcoat über und verließ das Haus. Gemächlich fuhr er auf der Mainzer Landstraße durch den morgendlichen Berufsverkehr in Richtung Nied. Der Wirt der *Waldlust* hatte ihm doch von einem Heimatmuseum erzählt, und genau da wollte er nun hin.

Keller bog in die Beunestraße ein und parkte seinen Wagen am Straßenrand. Ein großes, zurückgesetztes Backsteingebäude hatte der Wirt gesagt. Es war wirklich nicht zu übersehen. Das Hoftor war allerdings verschlossen. Auf einem Messingschild stand zu lesen, dass das Museum nur am Sonntagnachmittag geöffnet hatte. So lange konnte und wollte Keller nicht warten. Er zog sein Handy aus der Tasche und wählte die Telefonnummer, die unter der Öffnungszeit stand.

„Ja, guten Tag. Keller, mein Name – Kripo Frankfurt. Für die Ermittlungen in einem Fall benötige ich einige Informationen, die in die Zeit des zweiten Weltkriegs zurückreichen, und man sagte mir, dass ich diese Informationen hier im Heimatmuseum bekommen könnte. Könnten Sie mir da helfen?"

Der Mann am anderen Ende der Leitung stellte sich als Leiter des Museums vor und versprach, in zehn Minuten da zu sein. Er war sich absolut sicher, mit den gesuchten Informationen dienen zu können.

Kurz darauf erschien ein freundlicher, älterer Mann und geleitete Keller in die Räumlichkeiten des Museums.

„Nach was suchen Sie denn genau?" fragte er.

„Ich interessiere mich für das Schicksal jüdischer Familien aus Nied, in der Zeit des zweiten Weltkriegs. Gab es hier überhaupt jüdische Familien, und wenn ja, was ist mit ihnen geschehen? Können Sie mir da weiter helfen?"

„Aber natürlich kann ich das! Hier gab es in der Tat einige Familien, deren Schicksal in diesem düsteren Kapitel unserer Geschichte, wir hier genau dokumentiert haben. Wir wollen damit dem Vergessen vorbeugen, Sie verstehen?"

Keller verstand.

***

Aufmerksam studierte Keller die Dokumente, die der freundliche Mann aus dem Archiv geholt hatte. Hier und da stellte er ein paar Fragen, die auch prompt beantwortet wurden. Plötzlich hielt er inne und tippte mit dem Finger auf einen Namen.

„Hier! Ich glaube, das ist die Familie, nach der ich suche. Was können Sie mir über sie erzählen?"

Der Mann setzte seine Lesebrille auf und beugte sich über das Dokument.

„Ach, die Spiegels. Auch so eine tragische Geschichte. Sie wohnten damals in der Oeserstraße. Irgendeine Vierziger oder Fünfziger Nummer. Genau weiß ich sie jetzt nicht mehr. Jedenfalls ist das heute zwischen der Unterführung und dem Bahnübergang. Das Haus gibt es noch. Joseph Spiegel war Professor für bildende Kunst an der Städelschule und ein bekannter Sammler. Es ist überliefert, dass er von einem Nachbarn denunziert, und zusammen mit seiner Frau vierundvierzig nach Theresienstadt deportiert wurde, wo beide noch im gleichen Jahr den Tod fanden. Ihre Tochter hatte mehr Glück, sie überlebte den Krieg bei Verwandten in der Schweiz. Die berühmte Gemäldesammlung gilt seither als verschollen."

„Weiß man wer ihn denunziert hat?"

„Ja, dieser Nachbar der Spiegels hieß Alfons Müller. Von dem haben wir auch ein paar Unterlagen, da er Truppführer der SA in der Ortsgruppe Nied war. Darauf sind wir nicht besonders stolz, wie Sie sich denken können, aber auch so etwas muss dokumentiert werden."

„Natürlich. Haben Sie vielen Dank; Sie haben mir sehr geholfen."

Keller wandte sich schon zu gehen, blieb aber plötzlich stehen und drehte sich noch einmal um.

„Ach, dieser Müller, was können Sie mir über ihn sagen? Was hat der denn im zivilen Leben gemacht, bevor er zum Nazi wurde?"

„Nun, ich weiß nur, dass die Müllers vor dem Krieg angesehene Bürger waren. Wie schon erwähnt, wohnten sie in der Oeserstraße, schräg gegenüber der Spiegels. Wenn ich mich recht entsinne, hatten sie eine Kunsthandlung in der Braubachstraße."

Keller wurde hellhörig. Petersen hatte ihm schon davon berichtet, aber vielleicht gab es noch mehr, was ihm weiter helfen könnte. In diesem Fall drehte sich offenbar alles um Kunst.

„Eine Kunsthandlung! Das ist interessant. Jetzt würde ich doch gerne mehr erfahren."

„Gerne, ich hole nur schnell die Unterlagen aus dem Archiv."

Kurze Zeit später, erschien der freundliche Mann wieder, mit einem schmalen Hefter in der Hand.

„Viel ist es nicht, Herr Kommissar."

„Ich bin für jede kleine Information dankbar, also, was haben Sie über diesen Müller zu berichten."

Der Mann schlug den Hefter auf und überflog die

wenigen Seiten.

„Nun, was ich schon sagte, er war ein Nachbar der Spiegels und seit achtunddreißig Parteimitglied. Er besaß eine gut gehende Kunsthandlung in der Braubachstraße, die dem ersten großen Bombardement der Alliierten zum Opfer fiel. Obwohl man ihm die Schuld an der Deportation mehrerer Bürger Nieds gab, bekam er nach dem Krieg einen Persilschein und wurde nie angeklagt. Nur sein Haus musste er wohl verkaufen, da man ihm in der Nachbarschaft seine Aktivitäten während des Krieges nicht verziehen hat."

„Er muss ja über sehr gute Beziehungen verfügt haben. Steht da noch etwas über die Nachkriegszeit?"

„Nicht mehr viel. Er baute seine Kunsthandlung wieder auf, und führte sie mit seiner Tochter Susanne, die dann einen Bankier heiratete. Damit enden die Eintragungen."

Die Bestätigung von Petersens Recherchen.

„Hier ist ein Zeitungsartikel über die Hochzeit mit dem Bankier Johann von Rosenheim."

Keller stieß geräuschvoll die Luft aus. Der Kreis schloss sich, aber was konnte er damit anfangen? Sie besaßen nun eine Menge Informationen, die es zu selektieren galt. An diesen Bänker kam er aber ohne handfeste Beweise nicht heran.

„Nochmals vielen Dank!" verabschiedete er sich, und schlenderte nachdenklich in Richtung Wörthspitze. Dabei merkte er nicht einmal, wie der feine Nieselregen ihn durchnässte.

Eigentlich lag der ganze Fall breit und offen vor ihm, wie der schnell dahin fließende, braune Main, an dessen Ufer er stehen geblieben war. Aber irgendein wichtiges Teil fehlte noch. Er konnte nur nicht sagen, was es war.

Mit klammen Fingern steckte er sich eine Zigarette an, was ihm erst im dritten Versuch gelang, da Regen und Wind sein Zündholz verlöschen ließ und sein Feuerzeug hatte er wieder einmal zu Hause vergessen.

Keller war sich jetzt fast sicher, dass das Mordmotiv in der Vergangenheit zu finden war, und mit ziemlicher Sicherheit auch im Umfeld dieser Bankiersfamilie. Irgendetwas musste er noch übersehen haben. Keller schnippte seine Zigarettenkippe ins Wasser und ging zurück zu seinem Wagen.

***

Als Keller in sein Büro kam, fand er Petersens Schreibtisch verwaist vor. Da er ohnehin nichts zu tun hatte, war dies eine gute Gelegenheit, sich in Ruhe mit den Unterlagen zu beschäftigen, die er in der Wohnung der Toten gefunden hatte. Er war gerade mit dem Studium einiger alter Zeitungsartikel beschäftigt, als die Türe aufflog und Petersen herein stürmte.

„Hallo Chef! Gut , dass Sie da sind. Ich habe Neuigkeiten, die Sie umhauen werden."

„Dein Auftritt hier hat mich fast umgehauen. Wegen dir bekomme ich noch einen Herzinfarkt."

„Entschuldigung, Chef."

„Was gibt es denn für tolle Neuigkeiten? Zieht Kriminalrat Schuster ins Dschungel-Camp?"

Petersen sah Keller grinsend an.

„Das leider nicht, obwohl ich zugeben muss, dass mir die Vorstellung, Schuster Kakerlaken fressen zu sehen, sehr gut gefallen würde. Aber das, was ich habe, ist auch nicht schlecht."

„Dann lass mal hören. Ich bin gespannt."

„Sie hatten mich doch beauftragt, etwas über den Tod der Haushälterin herauszufinden. Nun, vor etwas mehr als neun Jahren wurde ihre Leiche von Arbeitern am Griesheimer Ufer, auf Höher der Abwasserreinigungsanlage entdeckt. Die Leiche hatte sich im Ufergestrüpp verfangen. Die Polizei fand ihren Wagen und die Handtasche etwas weiter oben, auf einem Parkplatz. Sie schloss damals ein Fremdverschulden aus, da weder Bargeld noch Schmuck geraubt wurden und die Leiche keine Verletzungen aufwies, die auf Fremdeinwirkung hinwiesen. Der Fall wurde als Selbstmord zu den Akten gelegt."

Petersen legte eine kleine Kunstpause ein, um die Spannung zu steigern.

„Jetzt kommt es", beeilte er sich fortzufahren, bevor er sich einen Rüffel von Keller einfing, „der Name dieser Haushälterin war … Gerlinde Jahn."

Der Name hallte durch das Büro, wie das Echo durch eine Gebirgsklamm. Keller setzte einen zufriedenen Gesichtsausdruck auf. Das war die Verbindung zu den Rosenbergs, die er noch gesucht hatte.

„Und diese Gerlinde Jahn …"

„… ist die Mutter unserer Toten Patrizia Jahn", vollendete Petersen den Satz.

„Hervorragend, mein Junge. Saubere Arbeit."

Hervorragend hatte sein Chef gerade gesagt. So überschwänglich hatte Keller ihn noch nie gelobt. Dieses Wort schien überhaupt nicht zu seinem Vokabular zu gehören. Entsprechend zufrieden zeigte Petersen sich jetzt.

„Hol´ uns doch mal einen Kaffee, dann erzähle ich dir, was ich heute noch erfahren habe."

***

Als Petersen kurz darauf mit zwei dampfenden Kaffeebechern erschien, zündete Keller sich eine Zigarette an, inhalierte genüsslich und lehnte sich auf seinem Stuhl zurück, während Petersen gespannt auf der Ecke seines Schreibtisches Platz nahm.

„Ich war heute Vormittag in diesem Heimatmuseum in Nied, von dem mir der Wirt der *Waldlust* neulich erzählte. Ich suchte nach einem Zusammenhang zwischen unserem Mord, den Rosenheims und der so genannten Nazi-Beutekunst, auf die ich durch die Unterlagen aus der Wohnung der Toten aufmerksam wurde. Du erinnerst dich an das, was die Kollegen in Wien und Volkmann mir erzählten. Bei der Durchsicht der archivierten Unterlagen stieß ich auf den Namen dieser jüdischen Familie, die, wohl von einem Nachbarn denunziert, deportiert und ermordet wurde. Das für unseren Fall jetzt Interessante daran ist erstens, dass dieser Joseph Spiegel ein bekannter Kunstsammler war, und seine Sammlung seit der Deportation als verschollen gilt, was mir Volkmann auch schon andeutete; zweitens, dass der Nachbar, der ihn offenbar denunziert hatte, vor seiner SA-Karriere eine Kunsthandlung in der Braubachstraße besaß, die er nach dem Krieg, gemeinsam mit seiner Tochter Susanne, weiter führte, was sich mit deinen Recherchen deckt. Diese Tochter ehelichte dann kurz darauf unseren Frankfurter Privatbankier mit Namen …"

„… von Rosenheim", vollendete Petersen den Satz, aber das wussten wir ja schon.

„Richtig! Was wir aber nicht wussten ist die Tatsache, dass der Schwiegervater des alten Rosenheim die Spiegels verraten hatte. Außerdem wollte ich

189

noch eine Bestätigung dessen, was wir in Erfahrung gebracht hatten, und in Zusammenhang mit den Unterlagen aus Patrizias Wohnung, haben wir eine Bestätigung der Verbindung zu diesem Bankier und vielleicht auch das Motiv, auch wenn ich es ehrlich gesagt noch nicht sehe. Ich glaube, dass wir das Motiv in der Vergangenheit und im Zusammenhang mit der verschollenen Kunstsammlung der *Spiegels* finden werden."

„Und wie wollen Sie das anstellen, Chef? Als Täter kommt ja dann nur der Bänker in Frage."

„Im Moment sieht es danach aus, obwohl ich nicht glaube, dass der sich die Hände selbst schmutzig machen würde. Andererseits darfst du nicht vergessen, dass er ja schon die nächste Generation ist, und der Alte ist zu solch einem Mord sicherlich nicht mehr in der Lage."

Petersen zog die Stirn in Falten.

„Stimmt. Was machen wir nun?"

„Da wir ja ohnehin nichts anders zu tun haben, könntest du deine kostbare Arbeitszeit damit verschwenden, möglichst viel über diese Familie Spiegel, die übrigens in der Oeserstraße wohnte, herauszufinden."

„Und Sie?"

„Ich gehe noch einmal in mich, und werde die Unterlagen in diesem grünen Kasten hier genauer analysieren. Da ich das hier nicht kann, gehe ich jetzt nach Hause. Ende nächster Woche steht meine Pensionierung an, und bis dahin möchte ich diesen Schwachköpfen da oben den richtigen Täter präsentieren können. Falls man dich nach mir fragt, weißt du nicht, wo ich bin."

„Dann mache ich mich mal ans Werk. Übrigens, Chef, da Sie Ihre Pensionierung ansprachen, ich habe das Gerücht gehört, dass Schuster eine kleine Feier hier im Präsidium für Sie ausrichten will."

„Da wird er wohl alleine feiern müssen", grinste Keller, „bis morgen, mein Junge."

Dann zog er seinen verknitterten Trenchcoat über, packte die grüne Kiste unter den Arm und verschwand.

16

Keller fluchte vor sich hin. Wieder einmal war weit und breit kein Parkplatz zu finden, daher musste er den Wagen drei Blocks von seiner Wohnung entfernt abstellen. Die Temperaturen waren plötzlich wieder stark gefallen und der anhaltende Nieselregen in Schnee übergegangen. Dazu wehte ein ungemütlich eisiger Wind. Straßen und Gehwege waren bald unter einer geschlossenen, weißen Decke verschwunden.

Keller hatte die grüne Kiste zum Schutz vor der Nässe in seinen Mantel eingewickelt. Als er endlich vor seiner Haustüre stand und mit klammen Fingern den Schlüssel aus der Tasche zog, war er bis auf die Haut durchnässt und fror erbärmlich. Er stellte die Kiste auf den Küchentisch, hängte seinen Mantel zum Trocknen auf und ließ sich ein heißes Bad ein. Eingewickelt in seinen Bademantel genehmigte er sich noch einen doppelten Whiskey bevor er sich in die Wanne legte und die wohlige Wärme genoss.

Keller schloss die Augen und versuchte nachzudenken, was ihm aber nicht so recht gelingen wollte.

Immer wieder kamen Bilder aus seiner eigenen Vergangenheit hoch, die sich nicht einfach verdrängen ließen. Nächste Woche stand seine Pensionierung an. Wenn auch vorzeitig, bedeutete dies doch das Ende eines großen Lebensabschnitts. So richtig mochte er sich das nicht vorstellen. Und was dann? Was blieb von ihm übrig? Nicht einmal eine Randnotiz in der Geschichte, war die nüchterne Erkenntnis. Keller schüttelte die düsteren Gedanken ab, bevor sie ganz von ihm Besitz ergreifen konnten und stieg aus der Wanne.

In der Küche bereitete er sich einen starken Kaffee, zündete sich eine Zigarette an und begann den Inhalt der grünen Kiste auf dem Küchentisch auszubreiten. Nach einiger Zeit hatte er einen Stapel chronologisch geordneter Zeitungsartikel, einen weiteren mit Fotos, die alle Kunstwerke einer bestimmten Epoche zeigten, sowie einige handschriftliche Notizen. Keller begann sich durch die Zeitungsartikel zu arbeiten. Die ältesten stammten aus den frühen fünfziger Jahren und beschäftigten sich mit dem Schicksal jüdischer Familien, speziell aus Nied. Hier tauchte auch der Name *Spiegel* wieder auf. Im nächsten Artikel ging es um die, von den Nationalsozialisten gestohlenen und bislang verschollenen Kunstgegenstände. Auch hier wurde die Sammlung eines Professor Spiegel erwähnt.

„Interessant", dachte Keller, als er einen Ausschnitt aus einer Wiener Zeitung von 1959 las. Dann holte er einen Schreibblock und seinen alten Füllfederhalter und begann, sich Notizen zu machen. Langsam konnte er auch einen Bezug zu den Fotos herstellen und kam zu dem Entschluss, dass er, doch früher als gedacht, seinem Kollegen in Wien einen Besuch abstatten musste.

Zuletzt beschäftigte er sich mit den handschriftlichen Notizen, die in zwei unterschiedlichen Handschriften verfasst waren. Die neueren, und das war die Mehrzahl der Notizen, waren in einer raschen, fließenden, fast an Stenografie erinnernden Handschrift abgefasst, und mussten der toten Patrizia Jahn zugeordnet werden. Das Schriftbild der anderen Blätter war eher verschnörkelt, fast schulmädchenhaft.

Zwei Stunden später, er hatte mehrere Seiten beschrieben und Skizzen mit Querverweisen erstellt, lehnte sich Keller zufrieden zurück, steckte sich noch eine Zigarette an und blies blaue Ringe in die Luft. Mehr oder weniger hatte sich seine Grundtheorie bestätigt, aber er benötigte noch eine fachliche Bestätigung; und die hoffte er bei einem Besuch in Wien zu bekommen. Er ging in sein Wohnzimmer, griff nach dem Telefon und wählte die Nummer des Wiener Sicherheitsbüros.

„Hallo Kollege Jäger, Keller hier. Ich hoffe, ich störe Sie nicht."

„Ja servus, Kollege Keller. Sie stören nie. Und, haben Sie Ihren Fall aufgeklärt?"

„Leider noch nicht ganz. Ich habe jetzt endlich das Motiv gefunden, aber noch nicht den Täter. Das ist auch der Grund meines Anrufs."

„Wie kann ich Ihnen helfen, mein lieber Keller? Sie machen mich ganz neugierig. Können Sie mir nicht etwas erzählen? Das scheint ja alles sehr mysteriös zu sein."

„Ich schulde Ihnen ja noch einen Besuch. Da können wir das Angenehme mit dem Nützlichen verbinden. Ich würde gerne am Samstag kommen. Wäre das möglich?"

„Aber gerne, lieber Kollege. Ich freue mich riesig. Sie kommen ja bestimmt mit dem Flieger, da hole ich Sie in Schwechat ab."

„Wo?"

„In Schwechat, das ist ein Vorort von Wien, und da ist der Flughafen."

„Ach so! Könnte ich Sie noch um einen oder zwei Gefallen bitten?"

„Aber natürlich! Was kann ich für Sie tun?"

„Könnten Sie mir bitte ein bezahlbares Hotelzimmer besorgen und, wenn es möglich ist, einen Termin mit dem Direktor der *Galerie Belvedere* ausmachen?"

„Wird erledigt. Es ist übrigens eine *Sie*."

„Wie?"

„Es ist seit zwei Jahren eine Direktorin."

„Ach so. Vielen Dank schon einmal im Voraus, lieber Kollege. Ich sage Ihnen noch Bescheid, wann ich ankomme. Machen Sie es gut."

„Bis Samstag. Ich bin gespannt, was Sie mir zu erzählen haben."

***

Gleich, nachdem er das Gespräch beendet hatte, rief Keller bei Petersen an und informierte ihn über sein Vorhaben.

„Sag mal, ich habe gehört, dass man im Internet Tickets buchen kann. Geht das wirklich?"

„Sicher, Chef. Am Flughafen stehen auch Automaten, an denen Sie sich selbst einchecken können."

„Wie, ich brauche mich dann nicht mehr an einem Schalter anstellen?"

„Nein, nur wenn Sie noch einen Koffer aufgeben wollen. Sie sind schon länger nicht mehr geflogen, oder?"

***

Genau genommen, war er bislang nur einmal geflogen, und das war schon viele Jahre her. Seine Ex-Frau wollte unbedingt nach Mallorca, und irgendwann hatte er nachgegeben. Das Hotel, in dem sie abgestiegen waren, hatte das Flair einer Stehbierhalle im Bahnhofsviertel, und die Gäste passten dazu. Aber auch schon der riesige Flieger, der ihm damals wie eine fliegende Bahnhofshalle erschien, voller schwitzender, grölender und betrunkener Touristen, veranlasste ihn, in Zukunft von solchen Unternehmungen Abstand zu nehmen. So blieb dies sein erster und bislang einziger Flug, auch gegen die Proteste seiner Ex.

***

„Nein, kann man nicht sagen. Könntest du das bitte für mich erledigen? Ich würde gerne Samstagvormittag hin- und Sonntagnachmittag wieder zurückfliegen."

„Kein Problem, Chef, ich brauche aber dazu eine Kreditkartennummer von Ihnen."

Keller gab ihm die Nummer seiner *VISA* Karte.

„Ich rufe Sie gleich zurück, wenn ich die Abflugzeit habe. Ich bringe Sie dann auch zum Airport."

„Danke, mein Junge, aber wir sehen uns ja morgen noch."

„Früher hieß das mal Flughafen", dachte Keller, und stellte das Telefon zurück auf die Station.

17

Warum müssen wir denn so früh fahren, wenn der Flug erst um halb Zehn geht?", fragte der sichtlich verschlafen wirkender Kommissar Keller, als er zu seinem Assistenten in den Wagen stieg.

„Erstens geht der Flug um fünf Minuten vor Halb, und …"

„Wegen der fünf Minuten", unterbrach ihn Keller.

„Wegen dieser fünf Minuten sind schon manche stehen geblieben, und außerdem hat mir ein Bekannter gesagt, dass diese Automaten nicht so funktionieren, wie sie sollten. Sie müssen sich daher besser am Schalter anstellen. Dazu kommt noch, dass es bei den Sicherheitskontrollen heute wesentlich länger dauert als früher – wegen des *elften Septembers.*"

„Das ist ja wohl auch so ein Treppenwitz; ich, als deutscher Polizist, muss mich einer Leibesvisitation unterziehen, wenn ich einen Kollegen in Wien besuchen will, während die *CIA* die Terroristen vom *elften September* an der Einwanderungsbehörde vorbei ins Land geschmuggelt hat. Wobei ich ja immer noch nicht glaube, dass die das waren. Ich glaube eher, die

Regierung und der Geheimdienst steckten dahinter."

„Sie sind also auch einer dieser Verschwörungstheoretiker."

„Keines Falls. *Andreas von Bülow* hat darüber ein sehr interessantes Buch geschrieben, und der weiß, von was er spricht. Er war schließlich parlamentarischer Staatssekretär und Minister, und, was besonders wichtig ist, Mitglied des Kontrollausschusses für den Bundesnachrichtendienst. Also einer, der es wissen muss."

***

„Bist du sicher, dass wir hier richtig sind?", fragte Keller, als Petersen den Wagen die Auffahrt zum Terminal Zwei des Frankfurter Flughafens hinauffuhr.

„Sicher, die *Niki* fliegt hier in Halle E ab."

„Die was?"

„*Fly Niki*, mit der fliegen Sie."

„Nicht mit der Lufthansa?"

„Nein, das Ticket bei Air Berlin war am günstigsten, und *Niki* ist ein Partner der Air Berlin. Also kein Grund zur Sorge, das ist immerhin die zweitgrößte deutsche Airline."

„Na gut, wie du meinst." Kellers Stimme klang aber immer noch nicht überzeugt.

Oben, vor dem Gebäude, hatte sich ein Rückstau gebildet, da ein Kleinbus mitten auf der Fahrbahn angehalten hatte und der Fahrer in aller Ruhe seine Fahrgäste verabschiedete und deren Gepäck auslud. Einige der so zum Halten genötigten Fahrer fingen an zu hupen und ernteten dafür eine Reihe übler Beschimpfungen.

„Gibt es denn hier niemanden, der mal für Ordnung sorgt?" fragte Keller seinen Assistenten.

„Doch, es gibt hier eine Verkehrssteuerung, die aber nie da ist, wenn man sie benötigt, und da vorne, unter dem überdachten Bereich, stehen auch zwei Typen in gelben Warnwesten, die so etwas verhindern sollen, aber die gehen lieber unter dem Dach spazieren und schauen einfach weg."

„Dann lass mich hier Aussteigen. Wo muss ich denn hin?"

„Wenn Sie hier durch den Eingang hinein gehen, wenden Sie sich nach links und gehen bis zum Ende der Halle, da sehen Sie dann schon auf den Monitoren über den Schaltern Air Berlin oder Niki stehen."

„Vielen Dank! Bis Montag."

„Gern geschehen. Guten Flug, Chef."

***

Pünktlich um elf Uhr landete die Maschine auf dem Wiener Flughafen Schwechat. Der Flug verlief ohne Probleme und Keller war dann auch so entspannt, dass er sich einen Kaffee bringen ließ, was er aber gleich nach dem ersten Schluck bereute.

In der Ankunftshalle wurde er schon von seinem Wiener Kollegen erwartet, den er vor Jahren einmal, im Rahmen eines Amtshilfeersuchens des Wiener Sicherheitsbüros, kennengelernt hatte. Man war sich auf Anhieb sympathisch, und blieb auch später noch in telefonischem Kontakt.

Oberkommissär Jäger war ein gutmütig wirkender Mann mittleren Alters, mit einem leichten Bauchansatz, leicht an gegrautem, vollem Haupthaar und einem gepflegt gestutzten Vollbart. Er trug ein ausgebeultes Cord-Jackett, Jeans und Halbstiefel aus Wildleder. Um den Hals hatte er einen dicken Wollschal geschlungen.

„Hallo, mein lieber Kollege. Herzlich willkommen im schönen Wien. Hatten Sie einen guten Flug?"

„Ja, danke, der Flug war in Ordnung, nur der Kaffee eine Zumutung. Der war genauso schlimm, wie der in unserer Kantine."

„Dann habe ich schon eine Idee, was wir als erstes machen. Haben Sie kein Gepäck?"

„Hab ich alles hier in meiner Tasche. Ist ja nur für eine Nacht."

„Na, dann kommen Sie."

Direkt vor dem Flughafengebäude stand Jägers silbergrauer Mazda mit einem Blaulicht auf dem Dach.

„Das habe ich nur dorthin gestellt, dass mich keiner der übereifrigen Gendarmen abschleppen lässt."

***

Jäger lenkte den Wagen auf die Ost-Autobahn, und vorbei an endlos langen Industrie- und Gewerbegebieten, ging die Fahrt in Richtung Wien.

„Sehen Sie, Kollege, dort hinten ist das Belvedere", unterbrach Jäger ihr Gespräch, wies auf eine riesige, parkähnliche Anlage, an der sie gerade vorbei fuhren, „da haben wir am Nachmittag einen Termin."

„Vielen Dank für Ihre Mühe! Es ist schön, dass es geklappt hat. Wohin fahren wir, wenn ich fragen darf?"

„Zuerst bringen wir Ihre Tasche ins Hotel. Ich habe Ihnen ein Zimmer in der Pension Mozart reserviert. Die liegt zentral in der Innenstadt und ist ein altes, traditionsreiches Haus. Wird Ihnen bestimmt gefallen – und für Wiener Verhältnisse ist es auch nicht so teuer."

Je näher sie der Innenstadt kamen, umso mehr war Keller angetan, von den schönen, herrschaftlichen Häusern und den großzügigen Flächen, und spätestens, als Jäger in die Theobaldgasse einbog, hatte ihn die Nostalgie eingefangen. Jäger hielt den Wagen vor dem Haus Nummer fünfzehn an, einem schönen, alten Gebäude, das wohl schon zur Zeit der K und K Monarchie hier stand.

„So, hier wären wir. Gefällt es Ihnen?"

„Ich bin, ehrlich gesagt, beeindruckt. Die ganze Gehend hier hat ein Flair, dass man das Gefühl bekommt, in die gute, alte Zeit zurückversetzt zu sein."

„Das *Dritte – Mann - Syndrom*", meinte Jäger, „aber dieses Viertel hier hat wirklich Tradition. Hier wohnten schon Haydn, Mozart und Beethoven."

„Dann bin ich ja in guter Gesellschaft", lachte Keller und folgte seinem Kollegen zur Rezeption.

„So, jetzt möchte ich Sie gerne für den Kaffee im Flieger entschädigen", sagte Jäger, nachdem die Formalitäten erledigt waren, und Keller seine Tasche auf sein Zimmer gebracht hatte.

„Was ist das für eine Treppenanlage, neben der Pension? Von meinem Zimmer aus kann ich genau darauf sehen."

„Das ist die Fillgraderstiege. Sie wurde im Jugendstil erbaut, und zählt zu den schönsten Treppenanlagen Europas. Unter der Treppe ist eine Bistro Galerie."

„Wunderschön! Und wohin entführen Sie mich nun?"

„Das soll eine kleine Überraschung sein", sagte Jäger, und bog auf eine stark befahrene Ringstraße ein, die er dann, nachdem sie das Parlamentsgebäude passiert hatten, wieder verließ, und, vorbei am Burgtheater, in Richtung Innenstadt fuhr. Kurz darauf hielten sie vor einem Palais, das eher an die italienische Renaissance erinnerte.

„So, mein lieber Kollege, dies hier ist das Café Central, eines der berühmtesten Kaffeehäuser Wiens. Ich denke, es wird Ihnen gefallen. Der Kaffee ist köstlich, und wir können uns in Ruhe ausgiebig unterhalten. Bis zu unserem Termin ist es noch eine Weile hin, und ich glaube, ich habe es mir verdient, etwas mehr über Ihren mysteriösen Fall zu erfahren."

„Aber sicher, Kollege, ich bin sogar froh, eine andere Meinung zu diesem Fall zu hören, als nur die eigene und die meines Assistenten."

***

Als sie das Café betraten, war Keller von seinem Ambiente überwältigt, und fühlte sich sofort in jene Zeit zurückversetzt, als hier noch die geistige Elite verkehrte, Leo Trotzki hier Schach spielte und Alfred Polgar seine *Theorie des Café Central* schrieb.

Sie nahmen an einem Tisch neben einem der großen Fenster Platz, und Jäger bestellte zwei Braune und zwei Portionen Apfelstrudel mit Schlagoberst.

„Köstlich!"

Keller stellte die Tasse ab und wischte sich den Schaum von der Oberlippe.

„Für diesen Kaffee würde ich mein Leben vor Ihnen ausbreiten."

„Es würde mir schon reichen, wenn Sie mir etwas

über diesen Fall erzählen."

Keller lehnte sich behaglich zurück, und berichtete seinem Wiener Kollegen detailliert die bisherigen Ermittlungsergebnisse.

„… und nächste Woche schickt man mich in Pension. Bis dahin möchte ich den Fall aufgeklärt haben. Quasi als Abschiedsgeschenk", beendete er seinen Bericht.

„Da sind Sie aber sehr sportlich unterwegs, mein Lieber", meinte Jäger nach einer kurzen Pause, „trotz aller Indizien sehe ich noch keinen Täter. Ich stimme Ihnen aber zu, dass dieser Maler nicht in Frage kommt. Was mir noch aufstößt, ist dieses nachträglich gefundene Tuch. Es deutet zwar alles auf den Bankier als Hauptverdächtigen hin, und als sein Mäzen kennt er den Maler ja auch, aber hat dieser Mensch die Kaltblütigkeit besessen, in dessen Wohnung einzubrechen, dieses Tuch zu stehlen, um eine falsche Fährte zu legen? Er musste doch Gefahr laufen, gesehen zu werden."

„Natürlich!" Keller schlug sich mit der flachen Hand auf die Stirn. „Ich bin ein Idiot! In der Straße, in der dieser Maler wohnt, gibt es eine ältere Frau, die den ganzen Tag am Fenster, oder hinter ihrer Gardine hängt. Die hat bestimmt jeden registriert, der in dieses Haus ging. Ich werde sie gleich am Montag befragen. Aber was halten Sie für das Motiv?

Wurde die junge Frau wegen der Gemälde ermordet?"

„Na, ja, es wurden schon Leute wegen weitaus weniger ermordet. Das Motiv scheint mir tatsächlich in diesen Bildern zu liegen."

„Aber selbst wenn es so wäre, warum? Sie hat die Gemälde bestimmt nicht besessen."

„Vielleicht liegt das Motiv in der Vergangenheit; vielleicht auch in der Geschichte dieser Bilder. Hoffentlich bringt Sie unser Termin nachher im Belvedere ein Stück weiter."

***

Nach einem ausgedehnten Spaziergang durch die Wiener Innenstadt, betraten Kommissar Keller und sein Kollege Oberkommissär Jäger, das Büro der Leiterin des Belvedere Museums.

„Frau Hellmann-Andrasch, die Leiterin des Museums, Kommissar Keller, ein Kollege aus Frankfurt", übernahm Jäger die Vorstellung.

„Bitte, meine Herren, nehmen Sie doch Platz. Womit kann ich Ihnen konkret Helfen, Herr Keller? Ihr Kollege Jäger hat ein paar vage Andeutungen gemacht, die mir, ehrlich gesagt, etwas abenteuerlich klangen."

„Ich möchte Ihnen zuerst einmal danken, dass Sie sich am Wochenende die Zeit nehmen. Ich arbeite an einem Mordfall, bei dem eine junge Frau brutal abgeschlachtet wurde. Im Rahmen der Ermittlungen ergaben sich mehrere Spuren, die in verschiedene Richtungen wiesen, aber alle irgendwie zusammen gehören – einen gemeinsamen Ausgangspunkt zu haben scheinen. Fangen wir mit dem Opfer an. Die junge Frau stammt zwar aus Frankfurt, hat aber hier in Wien ein Kunststudium absolviert. Zuletzt arbeitete Sie im Städel. In ihrer Wohnung fand ich eine Menge ältere Zeitungsausschnitte und Fotos von Kunstwerken. Mein Chef ließ einen Kunstmaler verhaften, gegen den zwar ein paar Indizien sprachen, den ich aber für unschuldig halte. Also habe ich diesem Maler die Fotos gezeigt und er brachte mich auf die nächste Spur. Er erzählte mir, dass einige dieser Kunstwerke von den Nazis gestohlen wurden, und seither als verschollen galten. Er berichtete mir auch, dass zwei dieser Gemälde einer jüdischen Familie aus Frankfurt gehörten, und nach deren Deportation und Ermordung, auch verschwunden waren, bis vor etwa fünfzig Jahren eines dieser Bilder diesem Museum hier vermacht wurde."

„Das ist richtig. 1959 wurde dem Museum ein Gemälde von Gustav Klimt gestiftet. Wir haben wohl mit die bedeutendste Klimt Sammlung weltweit. Der Stifter blieb aber unbekannt."

„Ich dachte, das wäre ein Bankier, namens *Johann von Rosenheim* gewesen."

„Nein, er war der Überbringer; der Stifter wollte nicht genannt werden. Das gibt es öfter und erst recht, wenn es sich um plötzlich wieder aufgetauchte Beutekunst handelt, und um solche handelte es sich bei diesem Bild."

„Da sind Sie sicher?"

„Absolut sicher! Dieses, und noch ein anderes Bild aus dieser Schaffensphase des Künstlers, befand sich im Privatbesitz eines Professors, der, wie die Recherchen unserer *Historikerkommission* ergaben, von den Nazis ermordet wurde."

„Dann wird wohl dieses Gemälde eines der beiden sein, in dem es auch bei unserem Fall geht. Darf ich Sie bitten sich ein paar Fotos anzusehen und mir eventuell eine fachliche Auskunft dazu geben?"

Keller hatte einen Umschlag aus seiner Tasche geholt und einige Fotografien entnommen, die er nun auf dem Tisch ausbreitete. Die Leiterin des Museums beugte sich darüber und Keller glaubte ein Funkeln in ihren Augen wahrzunehmen. Dann sortierte sie die Fotos in mehrere Gruppen.

„Dies hier sind alles Expressionisten, die zum großen Teil in Privatbesitz sind. Die restlichen hängen in den großen Galerien der Welt. Diese fünf Bilder hier, hatten wir in unserem Museum; mussten sie aber vor einigen Jahren durch das *Restitutionsgesetz* an die Erbengemeinschaften der früheren Besitzer zurückgeben. Diese Werke hier, können Sie alle bei uns bewundern. Wenn Sie mögen zeige ich Sie ihnen nachher gerne."

„Vielen Dank! Das Angebot nehme ich auch gerne an. Und was ist mit den letzten Fotos?"

„Dies, mein lieber Herr Keller, sind die beiden Bilder aus dem Besitz von Professor Spiegel, um die es hier geht. Das hier erhielten wir über diese Stiftung und dieses ist bis heute verschollen."

„Hätten Sie dieses eine Gemälde nicht auch an die Erben zurückgeben müssen?"

„Doch, aber es konnten keine ausfindig gemacht werden. Wenn Sie möchten, zeige ich Ihnen jetzt die Ausstellung. Bitte, meine Herren."

Keller war überwältigt von der Aussagekraft und der Farbintensität dieser, zum Teil sehr großformatigen Kunstwerke.

„Dieses Werk zählt zu den wertvollsten und teuersten Gemälde, aller Zeiten, und ist eines der wohl bedeutendsten Werke von Gustav Klimt."

Frau Hellmann-Andrasch war vor einem quadratischen Gemälde stehen geblieben, dass fast zwei Meter Seitenlänge haben mochte.

„Es entstand in der so genannten *Goldenen Phase* des Künstlers."

„Sagen Sie, von welchen Werten sprechen wir hier – nur zu meinem laienhaften Verständnis."

„Da kann man nur spekulieren, aber ich schätze, bei einer Auktion würde es mindesten fünfzig bis sechzig Millionen Euro bringen, und um Ihrer Frage vorzugreifen, das verschollenen Gemälde ist ebenfalls einige Millionen Wert."

***

Die Direktorin war mit ihren Gästen am Ausgang angekommen und verabschiedete sie.

„Haben Sie vielen Dank dafür, dass Sie uns empfangen haben und natürlich auch für die sehr interessante Führung. Ich denke, Sie haben mir sehr geholfen. Kollege Jäger wird Sie informieren, wenn es Neuigkeiten in Bezug auf das verschollene Gemälde gibt. Auf wiedersehen."

„Wie sieht es bei Ihnen mit dem Hunger aus?" fragte Jäger, als sie beim Auto standen, „Ich könnte etwas vertragen."

„Ich auch. Darf ich Sie einladen? Ich würde gerne wieder ins *Café Central* gehen; die hatten eine schöne Karte."

„Eigentlich wollte ich Sie ja einladen. Sie sind mein Gast."

„Ach, bitte, tun Sie mir den Gefallen."

„Na, schön. Ich kann es Ihnen ja schlecht ausschlagen."

***

Nach einem ausgezeichneten Tafelspitz saßen sie

noch bis zum späten Abend zusammen, leerten zwei Flaschen *Grünen Veltliner* und diskutierten über den Fall der ermordeten Patrizia Jahn.

18

Keller verließ das Terminal Zwei des Frankfurter Flughafens und ging hinüber zum Taxistand. Ein paar Männer standen frierend um einen Gepäckwagen herum, auf dem zwei Fahrer ein Schachbrett aufgebaut hatten und laut gestikulierend eine Partie spielten. Andere klopften die Fußmatten ihrer Fahrzeuge über dem Geländer aus.

Die Dunkelheit war schon hereingebrochen, Schnee und Regen prasselte gegen die Scheiben, als der Wagen über die Schwanheimer Brücke in Richtung Mainzer Landstraße fuhr.

Keller entlohnte den Fahrer, schloss die Haustüre auf und ging nach oben. Seinen Mantel hängte er achtlos an die Garderobe; dass er abrutschte und gleich darauf wieder zu Boden fiel, bemerkte er nicht mehr. Zu sehr war er in Gedanken bei diesem, seinem vermeintlich letzten Fall. Dieser kurze Ausflug nach Wien hatte sich gelohnt. Jetzt lag es an ihm, die Puzzle-Teilchen zu ordnen und zu einem Bild zusammen zu fügen.

Keller schenkte sich einen doppelten Whiskey ein, zündete sich eine Zigarette an, erst die zweite des heutigen Tages, wie er zufrieden feststellte, und leerte den Inhalt seiner Tasche auf seinem Schreibtisch aus. Nachdem er alles sortiert hatte, nahm er noch seine handschriftlichen Notizen, die er vor seinem Abflug nach Wien gemacht hatte, aus der Schublade und breitete sie vor sich aus.

Er hätte nicht sagen können, wie lange er schon so dort saß, als das Klingeln des Telefons ihn in die Realität zurückholte. Der Aschenbecher hatte sich zumindest reichlich gefüllt.

„Hallo Chef!" meldete sich Petersen, „Ich wollte nur mal hören, ob Sie wieder gut angekommen sind."

„Ja, danke, mein Junge, und es hat sich auch gelohnt. Wir sind auf dem richtigen Weg. Gibt es etwas Neues?"

„Kann man sagen. Liebeneiner wird gefeiert, als hätte er ein Wunder vollbracht, und mir hat man gesteckt, dass ich wohl nach Ihrer Pensionierung zum Einbruch abgeschoben werden soll."

„Da ist noch lange nicht das letzte Wort gesprochen. Wenn wir ihnen nächste Woche den wahren Mörder präsentieren, benötigen sie schon mehr, als nur gute Argumente, um dich abzuschieben. Hast du sonst noch etwas Neues?"

„Sie hatten mich doch beauftragt, etwas über die Familie Spiegel herauszufinden. Alles, was es zu erfahren gab, wissen wir schon, nur über die Tochter habe ich noch nichts Brauchbares. Wie Sie mir sagten, hat sie die Kriegswirren in Zürich überstanden. Daher habe ich eine Anfrage an die dortigen Kollegen geschickt, und hoffe morgen eine Antwort zu bekommen."

„Gut, dann sehen wir uns morgen."

Montag 22. Februar

Über Nacht hatte Tauwetter eingesetzt. Von den letzten Schneefällen war fast nichts mehr zu sehen, und die Straße dampfte, als würde der Asphalt kochen.

Doch Kommissar Keller nahm das alles nicht wahr, als er das Haus verließ und in seinen Wagen stieg. Die Zeit drängte. Am Freitag war sein letzter Arbeitstag, und er hatte sich ja vorgenommen, den Fall bis dahin aufgeklärt zu haben. Zuerst musste er sich Klarheit verschaffen, ob sein Verdacht haltbar war. Dazu musste er wieder nach Nied.

Keller stellte seinen Renault vor dem Haus ab, in dem sich Volkmanns Atelier befand. Beim Aussteigen konnte er eine Bewegung hinter der Gardine eines Fensters, im Erdgeschoss des gegenüber liegenden Hauses wahrnehmen. Keller musste schmunzeln. Genau darauf hatte er gehofft. Er verschloss die Wagentüre und überquerte die Straße. *Koch* las Keller auf dem untersten Schild und drückte auf den Klingelknopf. Fast augenblicklich ertönte der Summer. Das Treppenhaus war dunkel, kalt und roch irgendwie muffig. Die Wohnungstüre öffnete sich einen Spalt und Keller konnte die dahinter gespannte Messingkette sehen. Eine kleine, rundliche Frau, bestimmt schon jenseits der Siebzig, beäugte ihn kritisch.

„Ja?"

„Guten Tag! Sind Sie Frau Koch?"

„Un wer sinn dann Sie?"

„Oh, Entschuldigung, mein Name ist Keller, von der Kripo Frankfurt."

„Habbe Sie´n Ausweis? Da kann ja sonst jeder komme."

Keller hielt ihr seinen Dienstausweis unter die Nase, den sie erst einmal ausgiebig studierte.

„Un, was wolle Se von mir? Isch weiß nix."

„Was wissen Sie denn nicht?"

„Ei, was die da dribbe gemacht habbe. Isch will damit nix zu dun habbe."

„Ich hätte aber ein paar sehr wichtige Fragen an Sie. Sie könnten mir sehr helfen, Frau Koch. Würden Sie mich herein lassen?"

Die Frau überlegte angestrengt, was sie tun sollte.

„Sie könnten einem unschuldigen Menschen helfen."

„Na gut", meinte sie dann gönnerhaft, nahm die Kette ab und öffnete die Türe.

„Als nei in die gud Stubb."

Keller folgte ihr ins Wohnzimmer, das mit einem Sammelsurium aus den letzten hundert Jahren eingerichtet, oder besser überladen war.

„Setze Se sisch doch, isch mach uns nur schnell noch´n Kaffee. Sie trinke doch Kaffee?"

Während sie in die Küche entschwand, sah er sich um. Dies alles hier erinnerte ihn an seine Kindheit – an das Wohnzimmer seiner Großmutter. Eine große Couch mit zwei tiefen, gemütlichen Sesseln, davor ein schmaler Tisch mit geschwungenen, dünnen Beinen. Eine Wand wurde von einem Schrank eingenommen, dessen Mittelteil aus zwei gläsernen Schiebetüren bestand, hinter denen Porzellanfiguren und Sammeltassen zu sehen waren. Über der Couch hing, in einem goldenen Rahmen, eine Jagdszene mit röhrendem Hirsch in Öl.

Die Frau erschien wieder, und stellte eine Delfter Kanne mit passenden Tassen auf den Tisch.

„Zucker un Milch?"

„Ja, danke, aber Sie hätten sich keine Mühe machen müssen."

„Wisse Se, isch hab net so viel Besuch, un beim Kaffee könne mer besser schwätze, gell?"

Die Frau ließ sich in einen der Sessel plumpsen und Keller rührte sich Milch und Zucker in den Kaffee.

„Un, schmeckder Ihne?"

„Ausgezeichnet, Frau Koch, ganz ausgezeichnet."

„Dann is ja gud. Was wolle Se dann wisse?"

Keller setzte seine Tasse ab und nahm sein Notizbuch zur Hand.

„Sie haben bestimmt von dem Mord an der jungen Frau gehört, der sich am Freitag vor acht Tagen hier ereignet hat."

„Sischer, wer net? Ihr habt ja dann den Maler da dribbe mitgenomme."

„Genau ..."

„Wenn Se misch frache, der war´s net", fiel sie ihm ins Wort.

„Und wieso?"

„Des is eischentlisch en liebe Kerl. Grüßt immer; der tut kaaner Fliesch was an, dazu is der meistens aach noch zu besoffe."

„Ich glaube auch nicht, dass er ein Mörder ist, und das möchte ich beweisen – mit Ihrer Hilfe."

„Ei, dann nur zu, junger Mann, was wolle Se dann wisse?"

„Können Sie sich noch an den Tag erinnern, an dem der Maler verhaftet wurde?"

„Freilisch, des war ja aach net zu überhörn."

„Wie darf ich das verstehen?"

„Ei, erst sin so'n paar Figurn hier vor dem Haus rumgelungert. Später kam dann en Streifewache um die Eck geschosse – so mit tatü tata – un hinner dem direkt en schwarze Porsche, aach mit em Blaulischt uffm Dach."

„Woher wissen Sie, dass es ein Porsche war?"

„Von meinem Enkel, dem Klaus, der war da grad hier."

„Da hat Liebeneiner einen tollen Auftritt inszeniert", dachte Keller, „kommt bei einer Verhaftung auch noch im privaten Sportwagen vorgefahren."

„Noch 'n Kaffee, Herr Kommissar?"

Ohne eine Antwort abzuwarten, schenkte Frau Koch nach.

„Danke! Erzählen Sie bitte weiter."

„Die sin dann alle ins Haus gestürmt, un kurz druff mit dem Maler widder raus gekomme. Isch glaab, der hat Handschelle aagehabt. Dann habbe sen ins Audo geschobe, un weg warn se."

„Frau Koch, ist Ihnen sonst noch etwas aufgefallen? Ich meine, vielleicht etwas Merkwürdiges, an das Sie sich erinnern können."

Die Frau dachte angestrengt nach.

„Jetz wo Se's saache, da war was Komisches. Is aber schon her ..."

„Das macht nichts", ermutigte er sie.

„Des war an dem Daach, an dem Sie aach da warn."

19

Fassungslos trat Kommissar Keller auf die Straße. Fassungslos wegen dem, was er gerade gehört hatte. Falls das stimmte, und er war bereit es zu glauben, dann würde dies dem Fall eine andere Wendung geben, ihn in einem ganz anderen Licht erscheinen lassen. Andererseits, konnte es wirklich so einfach sein? Die ganze Zeit hatten sie vergeblich nach komplizierten Verbindungen gesucht, dabei lag das fehlende, und fast alles erklärende Puzzleteil direkt vor ihnen.

Keller steckte sich eine Zigarette an und wanderte nachdenklich die Straße auf und ab. Nach und nach zeichnete sich eine Idee ab, der er auf jeden Fall nachkommen würde. Doch vorher musste er noch die Ergebnisse von Petersens Nachforschungen abwarten, um ein lückenloses Bild zu bekommen.

Keller warf die Zigarette weg, stieg in seinen Wagen und fuhr ins Präsidium.

***

Petersen war nicht da. Es blieb ihm also nichts Anderes übrig, als zu warten. Auf dem Weg in sein Büro waren ihm die grinsenden Gesichter der lieben Kollegen aufgefallen. Offenbar freute sich schon das ganze Dezernat auf seinen bevorstehenden Abgang.

Keller bereitete sich einen Kaffee, setzte sich an seinen Schreibtisch, und grübelte darüber nach, wie er am geschicktesten die nächsten Schritte in Angriff nehmen sollte. Es würde mit Sicherheit nicht einfach werden.

***

Er konnte nicht sagen, wie lange er schon so dort gesessen hatte, als Petersen plötzlich herein kam.

„Hallo Chef!"

„Wo kommst du denn her?"

„Ich habe jetzt alles zusammen, was die Tochter der Spiegels betrifft."

„Dann lass mal hören."

Petersen nahm sich einen Kaffee und setzte sich an seinen Schreibtisch.

„Also, die Tochter der Spiegels hieß Elisabeth und wurde bereits neununddreißig von ihren Eltern zu einem Neffen von Joseph Spiegel, nach Zürich gebracht. Dort überlebte sie den Krieg unbeschadet und heiratete dann 1952 einen deutschen Emigranten namens Gustav Jahn …"

„… dann ist sie die Großmutter von unserer Toten Patrizia?"

„Genau! Und es kommt noch besser. Im August 1954 kam ihre Tochter Gerlinde zur Welt …"

„… die spätere Haushälterin der Rosenheims, die im Main ertrank."

„Richtig! Kurz nach der Geburt der Tochter, stirbt Gustav Jahn bei einem Verkehrsunfall, und Elisabeth zieht mit ihrer Tochter nach Frankfurt. Dort erfährt sie, was wirklich mit ihren Eltern passierte, und musste auch feststellen, dass ihr Elternhaus mittlerweile andere Besitzer gefunden hatte. Eine Klage auf Rückgabe konnte sie sich nicht leisten, und so stand sie fast mittellos mit einem Kleinkind da. Zufällig las sie in einer Zeitung eine Stellenanzeige, bewarb sich und wurde als Haushälterin bei dem jungen Bankier Johann von Rosenheim und seiner Frau Susanne, eingestellt, wo sie quasi bis zu ihrem Tod vor sieben Jahren blieb."

Petersen lehnte sich zurück und sah seinen Chef triumphierend an.

„Wo hast du denn die ganzen Details her?" staunte Keller.

„Na ja", zierte sich Petersen, „ich kenne da jemanden bei der Zeitung, der eine sogenannte Klatschreporterin kennt, und die hat ausnahmsweise für mich ihr Archiv geöffnet."

„So, ausnahmsweise", flunkerte Keller und Petersen errötete leicht.

„Prima, mein Junge, dann haben wir ja alles zusammen. Aber was heißt, sie war quasi bis zu ihrem Tod bei den Rosenheims?"

„Die letzten zwei Jahre verbrachte sie in einem privaten Pflegeheim für Demenzkranke. Den Aufenthalt haben die Rosenheims auch finanziert."

„Die alten Rosenheims werden mir ja langsam sympathisch. Der junge aber weniger. Spinnen wir den Faden, von dem was wir wissen, einfach mal weiter. Elisabeth kommt mit Kleinkind – wie hieß sie gleich?"

„Gerlinde ..."

„Genau, mit Kleinkind Gerlinde zurück in ihre

Heimatstadt Frankfurt. Sie bekommt eine Anstellung bei den Rosenheims, als Haushälterin mit Familienanschluss. Gerlinde wächst behütet auf. Irgendwann kommt der Generationenwechsel. Die alten Rosenheims ziehen aufs Land …"

„Königstein würde ich jetzt nicht unbedingt als *Land* bezeichnen. Es ist immerhin die Stadt mit den meisten Millionären – prozentual gesehen."

„… na gut, dann ziehen sie sich halt in ihre Villa zurück, und nehmen Elisabeth mit. Der junge Rosenheim übernimmt die Bank und Gerlinde als Haushälterin. Plötzlich wird Gerlinde schwanger; zur gleichen Zeit wie die Frau des Hauses. Bei der Geburt gibt sie keinen Vater an. Was würde dagegen sprechen, wenn der Herr des Hauses gleich zweimal Vater geworden wäre?"

Petersen dachte kurz darüber nach, dann überzog ein breites Grinsen sein Gesicht.

„Sie meinen …? Möglich wäre es. Kommt ja in den besten Familien vor."

„Und es würde erklären, warum er der Patrizia das Studium in Wien finanziert hat. Wagen wir noch eine, zugegeben etwas abenteuerliche, Hypothese. Bei den Unterlagen, die ich in Patrizias Wohnung fand, waren ja auch handschriftliche Notizen, die von zwei verschiedenen Personen verfasst wurden. Die einen kann ich Patrizia zuordnen, die anderen aber, könnten von ihrer Mutter Gerlinde stammen. Darin macht sie Andeutungen, dass sie von ihrer Mutter etwas über den Verbleib von Gemälden ihrer Großeltern, der Spiegels, erfahren hat. Um genau zu sein, dass Elisabeth glaubte, ein Gemälde im Haus der Rosenheims gesehen zu haben. Was, wenn Gerlinde versuchte, den Vater ihrer Tochter, so es denn Rosenheim war, zu erpressen und er sie ins Wasser gestoßen hat?"

„Verdammt! Wenn Patrizia das alles wusste, und versuchte, ihrerseits ihren Vater zu erpressen, oder vielleicht auch nur bloß zu stellen, hätten wir das Motiv für den Mord."

„Ein hübsches Motiv. Gefällt mir auch. Den Mord an Gerlinde Jahn, falls es einer war, könnten wir ihm aber niemals nachweisen. Die ganze Sache hat nur einen Haken, sie stimmt so nicht."

Petersen sah Keller konsterniert an.

„Was ist denn daran falsch? Es passt doch alles zusammen."

„Sicher, das Motiv ist auch da zu suchen, nur Rosenheim ist nicht der Mörder. Zumindest glaube ich das, nachdem, was ich heute erfahren habe."

„Wie? Was haben Sie denn erfahren?"

„Ich war heute Morgen noch einmal in Nied. Mir war doch, als wir Volkmann besuchten, aufgefallen, dass gegenüber eine Frau alles hinter ihrer Gardine beobachtete. Diese Frau habe ich heute aufgesucht und sie hat mir den entscheidenden Tipp gegeben. Was ich dir jetzt erzähle, darf niemand, aber auch niemand nur andeutungsweise erfahren, klar?"

„Klar Chef."

Und Keller berichtete seinem staunenden Assistenten, was er am Vormittag von der neugierigen Nachbarin Volkmanns gehört hatte.

**

„Meine Fresse! Das ist ja ein Ding!" stieß Petersen hervor, nachdem Keller seinen Bericht beendet hatte, „Aber wie wollen Sie das Beweisen?"

„Ich werde versuchen, einen Durchsuchungsbescheid zu bekommen."

„Wie soll das denn gehen, wenn wir offiziell nicht ermitteln dürfen?"

„Ich weiß, ich weiß. Wenn das raus käme, würde ich noch vier Tage vor meiner Pensionierung suspendiert. Aber ich habe da schon eine Idee."

20

Keller hatte seine Ex-Frau seit der Scheidung weder gesehen, noch gesprochen. Zu tief hatte der Stachel der Enttäuschung und der Kränkung gesessen. Ihren neuen Lebensabschnitt-Gefährten, Oberstaatsanwalt Mark Schober, hatte er zwangsläufig bei einigen Gerichtsverfahren gesehen, den Kontakt aber auf das rein Dienstliche beschränkt. Jetzt musste er wohl oder übel über seinen Schatten springen.

Um diesen schweren Schritt zu tun, dieses Telefonat zu führen, war er extra nach Hause gefahren. Im Büro war es ohnehin zu riskant, aber er wollte auch von niemandem beobachtet werden. Keller setzte sich in seinen Sessel, zog sein Notizbuch aus der Tasche und wählte die Nummer, die er sich vorgenommen hatte, nie im Leben zu wählen.

„Bei Schober", meldete sich schon nach dem zweiten Klingeln die ihm wohl bekannte Stimme seiner Exfrau.

Keller wusste auf einmal nicht mehr, was er sagen wollte. Er umklammerte den Hörer, dass seine Knöchel weiß hervortraten.

„Hallo, wer ist denn da?" rief die Stimme ziemlich ungehalten.

„Hallo Rita, ich bin´s, Marius."

„Du? Was willst du denn?"

„Etwas freundlicher hätte ich mir das Gespräch schon vorgestellt."

„Was erwartest du? Jahre lang warst du wie verschollen, dann rufst du aus heiterem Himmel hier an und beschwerst dich noch, dass ich nicht freundlich genug wäre."

„Du bist ja damals weggelaufen, nicht ich."

„Fängst du schon wieder an. Ich dachte, du hättest es jetzt endlich kapiert, dass die Sache endgültig durch ist. Also, was willst du?"

Keller versuchte krampfhaft, seinen aufkommenden Ärger herunter zu schlucken.

„Ich möchte Schober sprechen, ist er da?"

„Dachte ich mir doch, dass du nicht anrufst, um meine Stimme zu hören. Ist wieder einmal dienstlich, wie immer, bei dir. Warte, er kommt gleich."

Er konnte hören, wie sie einfach den Hörer ablegte und ihren Lebensgefährten rief.

„Ja?" meldete sich kurz darauf die arrogant klingende Stimme von Oberstaatsanwalt Schober.

„Guten Tag, Herr Schober. Keller hier, Kommissar Keller, falls Sie sich erinnern können."

„Ah, Herr Keller. Sicher kann ich mich an Sie erinnern. Wir hatten ja zwei oder dreimal das Vergnügen. Was kann ich für Sie tun? Muss ja wichtig sein, wenn Sie bei mir privat anrufen."

„Ich brauche schnellstens drei Durchsuchungsbescheide und die Genehmigung, mich in der Wohnung einer Toten umzusehen."

„Was? Ich habe mich wohl verhört. Sie rufen mich zu Hause an und wollen mal schnell drei Durchsuchungsbescheide. Geht´s Ihnen zu gut? Sie wissen doch, wie der Verfahrensweg ist, oder?"

Schobers Stimme hatte an Schärfe zugelegt, und Keller wusste, dass es jetzt darauf ankam, die richtigen Worte zu wählen. Wenn Schober auflegte, war alles vorbei.

„Es hat seinen Grund, warum ich Sie privat anrufe. Von diesen Durchsuchungen darf außer Ihnen und mir niemand etwas erfahren."

„Das reicht, Keller. Sie sind ja verrückt."

„Halt, halt, nicht auflegen! Ich will es Ihnen ja erklären."

„Ich weiß nicht warum ich Ihnen noch weiter zuhören soll, aber meinetwegen. Schießen Sie los, aber fassen Sie sich kurz."

„Danke! Sie kennen doch den Fall der ermordeten jungen Frau in Nied."

„Ich hatte Sie gewarnt. Das ist doch der Fall von Hauptkommissar Liebeneiner, der, soviel ich weiß, bereits abgeschlossen ist, und mit dem Sie nichts zu tun haben. Leben Sie wohl."

„Liebeneiner hat den Falschen verhaftet", beeilte sich Keller zu sagen, „und ich kenne den richtigen Täter. Ich brauche nur noch die letzten, unumstößlichen Beweise, und die bekomme ich eben nur durch diese Durchsuchungen. Wenn Sie die Anklage führen, wird das für Sie ein spektakulärer und auch lukrativer Prozess mit großer Tragweite und viel öffentlichem Interesse."

Am anderen Ende der Leitung war es ruhig geworden. Keller konnte sich bildlich vorstellen, wie sich Schober die Karriereleiter bis zum Generalbundesanwalt emporklettern sah.

„Wieso sollte ich ihnen glauben?"

„Wenn Sie mir versprechen, es vertraulich zu behandeln, werde ich Sie in den Stand meiner, zugegeben illegalen, Ermittlungen einweihen. Habe ich Ihr Wort?"

„Ich muss verrückt sein. Ja, Sie haben mein Wort."

Keller schilderte ihm den aktuellen Stand seiner Ermittlungen. Nachdem er geendet hatte, herrschte erst einmal Funkstille. Keller glaubte zu hören, wie es im Kopf des Oberstaatsanwalts ratterte.

„Und das ist alles belegt?" fragte Schober, nach einer gefühlten Ewigkeit.

„Ja, darauf haben Sie *mein* Wort."

„Aber müssen Sie unbedingt die Häuser der Rosenheims durchsuchen? Was erhoffen Sie sich davon? Ich muss Ihnen ja nicht sagen, was das für einen Skandal geben kann!"

„Das Corpus Delicti – das Gemälde, um das es geht."

„Gut. Kommen Sie morgen früh gegen acht Uhr in mein Büro."

„Danke!"

„Und Keller … Sie reporten nur noch mir, klar?"

„Ist klar, Herr Schober. Nochmals vielen Dank."

***

Keller schenkte sich einen doppelten Whiskey ein, steckte sich eine Zigarette an und lehnte sich im Sessel zurück. Er hatte ein Problem gelöst, sah sich aber gleich dem nächsten gegenüber. Wie, zum Teufel, sollte er in das Haus des Bankiers gelangen, ohne dass der Hausherr etwas davon mitbekommen würde. Er konnte ja schlecht hingehen und sagen, „guten Tag, wir haben einen Durchsuchungsbefehl, aber verraten Sie nichts meinem Chef oder Ihrem zukünftigen Schwiegersohn".

Da kam ihm eine Idee, die zwar etwas Zeit in Anspruch nehmen würde, die er eigentlich nicht mehr hatte, aber er musste es riskieren. Ging es schief, war alles verloren; tat er nichts, dann ohnehin. Keller nahm sein Handy und rief seinen Assistenten an.

„Pass auf, Petersen. Morgen Früh kann ich die Durchsuchungsbescheide beim Oberstaatsanwalt abholen."

„Wie haben Sie *das* wieder geschafft?"

„Ich glaube, das willst du gar nicht wissen. Die erste Durchsuchung machen wir bei den Rosenheims in Höchst. Da wir aber da nicht einfach so herein spazieren können, ohne dass Schuster und Liebeneiner uns lynchen, wirst du ab morgen Früh das Haus beobachten, und den Tagesablauf der Familie und der Angestellten notieren. Ich komme später nach, und löse dich ab. Wir benötigen ein Zeitfenster von etwa einer halben Stunde, in der das Haus leer sein sollte."

„In Ordnung, aber was ist mit den anderen Durchsuchungen?"

„Die würde ich gerne zeitgleich und nach Möglichkeit am Freitagvormittag durchführen. Das hängt auch von dem Ergebnis der ersten Durchsuchung ab. Falls wir dort alle Beweise finden, die wir noch brauchen, können wir vielleicht sogar darauf verzichten. Lassen wir uns überraschen."

„Gut Chef, dann drücke ich uns mal die Daumen. Bis morgen."

Nachdem er aufgelegt hatte, genehmigte sich Keller noch einen Doppelten und ging dann frühzeitig zu Bett. Doch an Schlaf war nicht zu denken. Ruhelos wälzte er sich von einer Seite auf die andere, aber permanent verfolgten ihn die Geister der Vergangenheit. Unentwegt erschienen Bilder seiner gescheiterten Ehe vor seinem geistigen Auge, und dann spazierte auch noch seine Ex-Frau an der Seite dieses Solarium gebräunten Schönlings durch seine Gedanken.

Keller richtete sich auf. Sein T-Shirt war völlig verschwitzt, seine Zunge fühlte sich pelzig an und er hatte einen üblen Geschmack im Mund. Er ging in die Küche, setzte die noch halb volle Wasserflasche an und trank sie ohne abzusetzen aus. Dann setzte er sich in den Sessel, in dem er vor gut zwei Stunden noch gesessen hatte und zündete sich eine Zigarette an. Aber auch hier verfolgten ihn dunkle Gedanken. Was ist, wenn er die Tatwaffe nicht finden kann? Dann hätte er nur noch eine Indizienkette und die Aussage der neugierigen Nachbarin Volkmanns. Ob das ausreichen würde, den Täter zu verurteilen? Wahrscheinlich würde Schober, bei der Brisanz des Falles, nicht einmal Anklage erheben wollen; aus Angst um seine Karriere. Da fiel ihm ein, dass er vergessen hatte, im Labor anzurufen. Bei seinem zweiten Besuch in der Wohnung des Opfers, hatte er ja diese Einladungskarte gefunden, die er auf Fingerabdrücke untersuchen lassen wollte. Da dies natürlich offiziell nicht ging, hatte er seinen Freund Max gebeten, das inoffiziell für ihn zu tun. Max Kolbe war einer der wenigen Kollegen, die ihm die Treue hielten, und denen er noch vertrauen konnte.

Keller sah auf die Uhr. Im Labor wird jetzt mit Sicherheit niemand mehr sein, aber bis morgen konnte, oder wollte er nicht warten. Er nahm sein Handy vom Tisch und wählte Kolbes Privatnummer.

Dienstag 23. Februar

Am nächsten Morgen stand Keller frisch und erholt auf. Nach dem Telefonat mit Kolbe hatte sich seine Laune schlagartig gebessert und er hatte tief und fest geschlafen. Er sah aus dem Fenster. Selbst das Wetter hatte sich gebessert. Zumindest ist es trocken geblieben und nicht mehr so kalt. Heute würde er sich sogar einmal ein Frühstück gönnen. Nach einer ausgiebigen Dusche kleidete er sich rasch an, ging zur Bäckerei und kaufte eine Tüte Croissants.

Keller saß in seiner Küche, verspeiste genüsslich sein drittes Hörnchen und sah aus dem Fenster auf einen zwar noch milchig grauen Himmel, an dem sich aber schon einige, wenn auch kleine, blaue Stellen zeigten. Die Natur schien langsam zu erwachen.

Die zeitliche Koordination der nächsten Schritte bereitete ihm noch gehöriges Kopfzerbrechen. Er hatte nur noch vier Tage zur Verfügung. Eigentlich waren es nur noch drei Tage; der vierte war der Tag seines Abschieds. Der Tag, an dem er sein Abschiedsgeschenk präsentieren wollte, um allen zu beweisen, dass sie ihm und seinem Assistenten die ganzen Jahre bitteres Unrecht angetan hatten. Er kam zu der Überzeugung, dass er weiter, wie geplant vorgehen musste, um den Erfolg nicht zu gefährden, auch wenn er dabei ein hohes Risiko einging.

Keller trank seinen Kaffee aus und zog seinen Trenchcoat über. Die restlichen Croissants würde er Petersen mitbringen, der wahrscheinlich bereits ungeduldig auf ihn wartete.

***

„Guten Morgen, mein Junge", begrüßte Keller seinen Assistenten, als er zu ihm ins Auto stieg, "ich habe dir Frühstück mitgebracht."

„Danke Chef, das kann ich brauchen. Mir ist schon übel vor Hunger."

„Und, wie sieht es aus? Gibt es ein Chance für uns da ungestört herein zu gelangen?" fragte Keller, während Petersen ein Croissant aus der Tüte nahm, und es fast zur Hälfte in den Mund steckte.

„Mmh, mmh …", war alles, was Keller, außer noch ein paar Grunzlauten, verstehen konnte.

„Ab einem Pfund wird´s undeutlich, mein Junge."

„`Tschuldigung Chef", nuschelte Petersen, immer noch kauend, „bis jetzt sieht es eigentlich gut aus, vorausgesetzt, es ist jeden Morgen so."

„Könntest du das einmal präzisieren?"

Petersen würgte den Rest seines Croissants herunter, bevor er antwortete.

„Gegen sechs Uhr betrat eine große, schmale Frau mittleren Alters das Haus und hat es seither nicht mehr verlassen. Könnte eine Hausangestellte sein. Um acht Uhr fuhr ein Fünfhunderter Mercedes mit Chauffeur vor und sammelte den Herrn des Hauses ein. Kurz darauf kam ein Mini mit einer jungen Frau am Steuer aus der Garage. Das dürfte die Tochter gewesen sein. Vor gut einer halben Stunde kam ein silberner SLK aus der Garage", Petersen sah auf seine Uhr, „also gegen Zehn. Am Steuer saß eine gut aussehende Frau mittleren Alters. Den Klamotten nach zu urteilen, dürfte das die Frau des Hauses gewesen sein."

„Gut, ist einer von denen wieder zurückgekommen?"

„Nein, seither ist alles ruhig."

„Dann ist wahrscheinlich nur noch die Hausangestellte drin, aber daran können wir nichts mehr ändern. Die wird wohl jeden Tag da sein. Du wirst morgen Früh noch einmal hier sein und beobachten. Ich komme um Zehn. Wenn der Ablauf der gleiche ist wie heute, gehen wir rein, sobald die Frau weg ist. Und jetzt fährst du nach Hause. Ich bleibe noch etwas hier."

Nach zwei weiteren ereignislosen Stunden fuhr auch er nach Hause.

Mittwoch 24. Februar

Als Keller am nächsten Morgen nach Höchst kam, stand Petersen schon neben seinem Wagen und hob den Daumen. Doch just in dem Moment, als beide sich aufmachten, hielt ein Kleintransporter vor dem Eingang des Hauses. Der Fahrer, in einen dunkelgrünen Overall gekleidet, stieg aus, schloss die Gartentüre auf und ging hinein.

„Verdammter Mist!" fluchte Keller, „Bestimmt ein Gärtner oder Hausmeister. Den können wir überhaupt nicht gebrauchen."

„Vielleicht geht er ja gleich wieder", wollte Petersen beschwichtigen, doch da fuhr ein silberner Mercedes SLK vor und parkte direkt hinter dem Transporter.

„Wo kommt die denn her? Gestern war hier bis zum frühen Nachmittag alles ruhig. Das war´s dann wohl."

„Und was wollen Sie denn jetzt machen? Sie wollen doch nicht aufgeben?"

„Noch nicht. Eine Chance haben wir ja morgen noch. Wenn das dann wieder in die Hose geht, muss

235

ich wohl am Freitag dem Oberstaatsanwalt die paar Beweise auf den Tisch legen, die wir haben. Ob er dann überhaupt Anklage erhebt, ist noch eine andere Frage. Die Sache wird ihm wahrscheinlich zu brisant sein."

Keller wollte schon aussteigen, als Petersen ihn am Arm zurück hielt.

„Sehen Sie, Chef!"

Die Frau aus dem silbernen SLK und der Mann im grünen Overall verließen gemeinsam das Haus. Der Mann hielt ihr ein Papier hin, Sie schrieb etwas darauf, dann schüttelten Sie sich die Hände. Die Frau stieg in ihren Mercedes, der Mann in seinen Transporter und beide fuhren los.

„Könnte es sein, dass es doch so etwas wie einen Gott gibt?" murmelte Keller.

„Gehen wir rein, Chef?"

„Warte noch fünf Minuten, nicht, dass uns noch einer in die Quere kommt."

Als aber niemand mehr unerwartet auftauchte, gingen sie hinüber zum Haus der Rosenheims. Petersen drückte auf die Klingel neben dem Eingangstor und kurz darauf meldete sich eine unfreundliche Stimme.

„Wer ist da?"

„Keller, Kriminalpolizei. Würden Sie uns bitte öffnen?"

„Ist niemand da", krächzte die Stimme mit einem osteuropäischen Akzent aus der Sprechanlage, „kommen Sie anderes Mal wieder."

„Öffnen Sie bitte sofort, oder wollen Sie Schwierigkeiten wegen Behinderung der Polizei?"

Gleich darauf hörten sie den Türöffner. Oben, am Eingang des Hauses, wurden sie von einer ganz in schwarz gekleideten Frau empfangen, die ihr ebenfalls schwarzes Haar zu einem altmodischen Knoten hochgesteckt hatte.

Keller zog den Durchsuchungsbeschluss aus der Tasche und hielt ihn der Frau unter die Nase.

„Ich bin Kommissar Keller, das ist mein Kollege Petersen und dies hier ist ein Durchsuchungsbeschluss. Wer sind Sie, wenn ich fragen darf?"

„Jadranka Blasic, ich bin die Haushälterin. Was wollen Sie denn hier? Es ist niemand zu Hause."

„Wir müssen hier etwas nachsehen, und wir möchten, dass Sie niemandem etwas davon erzählen. Ist das klar?"

„Ist mir egal. Die haben mich sowieso zu Ende von Monat gefeuert. Aber heute ist mein letzter Tag. Habe ich noch vier Tage Urlaub. Gehalt habe ich aber für drei Monate bekommen. Suchen Sie nur was Sie wollen."

„Danke, Frau Blasic, wir sagen Ihnen Bescheid, bevor wir wieder gehen."

Keller und Petersen untersuchten akribisch das ganze Haus, ohne jedoch etwas Brauchbares zu finden. Als die beiden später im Foyer standen, um sich von der Haushälterin zu verabschieden, fiel Kellers Blick auf die Wand neben dem Treppenaufgang. Dort hing ein Wappenschild, hinter dem sich zwei Degen kreuzten. Viel zu banal, als dass es ihm gleich aufgefallen wäre. Wandschmuck dieser Art hatte er schon häufig gesehen. Nur mit dem kleinen Unterschied, dass dies hier keine Dekorationsstücke waren und einer der Degen fehlte.

„Petersen, hast du das gesehen? Mach mal ein paar Fotos davon."

„Glauben Sie, das fehlende Stück ist die Tatwaffe? Das ist doch bestimmt ´ne Attrappe."

„Garantiert nicht, mein Freund", erwiderte Keller, und zog den Degen aus der Scheide, „das ist ein original französischer *Rapier*. Sechzehntes Jahrhundert, würde ich sagen, und messerscharf."

Petersen zog sein Handy aus der Tasche und fotografierte die Waffe.

„Sagen Sie, Frau Blasic, können Sie mir sagen, wo der andere Degen ist?"

„Weiß ich nicht. Ist schon seit zwei oder drei Wochen weg. Jetzt muss ich aber gehen und Sie auch. Ich muss abschließen."

***

Keller lehnte sich an seinen Wagen und steckte sich eine Zigarette an.

„Ich wette ein Monatsgehalt, dass der fehlende Degen die Tatwaffe ist."

„Das glaube ich jetzt auch, Chef. Aber wo ist sie abgeblieben?"

„Keine Ahnung. Warten wir die Durchsuchungen am Freitag noch ab. Ich glaube nicht, dass der Täter ein so wertvolles Stück in den Main geworfen hat."

„Wie haben Sie sich das denn überhaupt vorgestellt? Am Freitag ist doch Ihre Verabschiedung."

„Davon weiß ich ja offiziell noch nichts. Jedenfalls wirst du am Freitag um neun Uhr die Wohnung am Sachsenhäuser Berg durchsuchen. Max Kolbe vom Labor wird dich begleiten. Er wird seinen Utensilien Koffer mitnehmen. Ihm können wir noch vertrauen. Und nimm dein Besteck mit; es wird niemand dort sein. Die Aktion in Königstein habe ich mit den dortigen Kollegen schon abgesprochen. Sie wird zeitgleich stattfinden."

„Gut Chef. Und was machen wir bis dahin?"

„Da von mir mit Sicherheit nichts mehr erwartet wird, werde ich jetzt noch kurz ins Büro fahren und dann bis Freitag durch Abwesenheit glänzen. Und du tust so, als wenn nichts wäre."

***

Keller fuhr entspannt ins Büro. Er hatte ein gutes

Gefühl. Auf seinem Schreibtisch fand er einen Umschlag vor. Als er den Inhalt las, musste er grinsen. Kriminalrat Schuster gab sich die Ehre, ihn, im Rahmen seiner Verabschiedung, zu einem Umtrunk im Besprechungsraum einzuladen. Beginn um zehn Uhr. Keller warf die Einladung in den Papierkorb.

„Die werden sich wundern", brummte er vor sich hin und verließ das Büro.

Ab jetzt ging alles seinen Gang und er konnte entspannt den Freitag abwarten. Als er vom Parkplatz kurvte, bekam er Lust auf etwas Süßes. Also fuhr er in die Stadt, und gönnte sich im Café Mozart ein Stück Sachertorte mit Sahne. Dabei musste er an seinen Kurzaufenthalt in Wien denken. Im Frühjahr, wenn das hier alles vorbei war, würde er wieder dort hinfahren. Dann hatte er ja Zeit.

Als er noch den Gedanken an seine Zukunft nachhing, holte ein anderer Gedanke wieder in die Gegenwart zurück. Er wollte noch etwas klären, was ihn vom ersten Tag an beschäftigt hatte. Keller trank seinen Kaffee aus, zahlte und machte sich auf den Weg zum Senckenberg Museum. Dort zeigte er an der Information seinen Dienstausweis vor und fragte nach der Ornithologie.

„Einen Moment bitte", sagte die Dame hinter dem Tresen, „ich rufe erst einmal dort an."

„Danke." sagte Keller und hoffte inständig, dass

240

sie dort auch jemanden antreffen würde.

„Frau Dr. Riemann wird Sie gleich abholen."

„Vielen Dank, aber das wäre nicht nötig gewesen. Ich hätte ja auch hingehen können, wenn Sie mir den Weg beschrieben hätten."

„Den hätten Sie eh nicht gefunden. Hier verlaufen sich gelegentlich auch noch die Studenten."

Kurz darauf erschien eine junge Frau mit kurzen, blonden Haaren. Sie trug Jeans, Sweatshirt und Turnschuhe und auf ihrer Stupsnase eine Art *John-Lennon-Gedächtnisbrille.*

„Riemann, Tatjana Riemann", stellte sie sich vor.

Keller war verblüfft. Eine Wissenschaftlerin mit Doktortitel hätte er sich irgendwie anders vorgestellt.

„Keller, Kripo Frankfurt. Vielen Dank, dass Sie sich Zeit genommen haben. Ich brauche nur eine fachliche Auskunft über Reiher."

„Dass die Polizei eine Vorliebe für seltsame Vögel hat, war mir ja bekannt, aber dass sie sich für unsere gefiederten Freunde interessiert, ist mir neu." meinte sie lächelnd.

„Ich muss nur eine Zeugenaussage überprüfen. Am Freitag letzter Woche hat eine Frau behauptet, einen Reiher schreien gehört zu haben. Das war so gegen Mitternacht. Kann das sein?"

„Das würde mich bei diesem harten Winter doch sehr überraschen. Die Reiher, die wir hier in dieser

Region beobachten, sind sogenannte Teilzieher. Sie ziehen, wenn sich ein kalter Winter ankündigt, im Oktober oder November nach Süden, beispielsweise an den Bodensee, und kommen Ende Februar oder Anfang März zurück. In milden Wintern können sie auch einmal hier bleiben, aber dieses Jahr war effektiv zu kalt."

„Danke, Sie haben mir sehr geholfen. Noch eine abschließende Frage: Können Reiher schreien?"

„Als Schreien würde ich das nun nicht bezeichnen, eher ein Krächzen und Knottern."

21

Freitag 26. Februar

Sein letzter Arbeitstag war angebrochen und trotzdem war Keller überaus gut gelaunt und sehr früh aufgestanden. Weggeblasen waren die düsteren Gedanken um die Zeit danach.

Er hatte seinen besten, und auch einzigen Anzug zur Feier des Tages angezogen. Nur mit der Krawatte hatte er ein Problem. Entweder war der Knoten dick wie ein Tennisball und der Schlips endete eine Hand breit unter seinem Kinn, oder er war klein, wie ein Daumennagel. Und das sah auch nicht besser aus. Also hatte er sich entschieden, ganz darauf zu verzichten.

Entspannt saß er in der Küche, trank seinen Kaffee, rauchte eine Zigarette und ging in Gedanken noch einmal das Szenario durch, welches er für seinen Abgang geplant hatte. Dann rief er Petersen an, um sich zu vergewissern, dass alles nach Plan laufen würde. Anschließend erkundigte er sich noch bei den Kollegen in Königstein. Es war alles vorbereitet. Nun konnte er beruhigt ins Präsidium fahren.

***

Als Keller sein Büro betrat, nahm er die ungewöhnliche Stille wahr, die im sonst so betriebsamen Flur herrschte. Offenbar hatten sich all die Pharisäer schon zum Schaulaufen im Besprechungsraum versammelt. Er würde sie noch einen Moment zappeln lassen, bevor sein großer Auftritt kam. Besonders gespannt war er auf die Gesichter von Schuster und Liebeneiner.

Sorgfältig packte er die Unterlagen, die er seiner alten Aktentasche entnahm, in verschiedene Hefter. Alle farblich unterschiedlich gekennzeichnet, was ihm später helfen sollte, schneller bestimmte Dinge zu finden, mit denen er seine Ausführungen untermauern wollte. Dann packte er die Hefter unter den Arm und sah auf die Uhr. Fünf Minuten nach zehn – Zeit zu gehen. Ein wenig kam er sich vor wie *Hercule Poirot*, der ja auch immer am Ende einer Episode vor großem Publikum referierte, wie er, mit Hilfe seiner kleinen grauen Zellen, zur Lösung des Falles kam, und zu Schluss, zur großen Verwunderung der Anwesenden, den Täter präsentierte.

Als Keller die Türe zum Besprechungsraum öffnete, zeigte er sich zufrieden. Fast das gesamte Dezernat war hier versammelt. Zögernd fingen die Anwesenden an zu applaudieren. So, als hätte man sich in den zurückliegenden Jahren blendend verstanden.

Am Ende des langen Tisches stand Kriminalrat Schuster und hatte ein falsches Lächeln aufgesetzt.

„Verlogener Scheißkerl", dachte Keller und sah sich um. Liebeneiner war auch da und stand, wie sollte es anders sein, direkt hinter seinem Mentor.

Schuster löste sich aus der Menge und kam auf ihn zu.

„Mein lieber Kommissar Keller! Es ist mir, uns eine Freude und eine Ehre, Sie, als einen verdienten Mitarbeiter dieses Dezernats, mit einer kleinen Feier in Ihren wohl verdienten Ruhestand zu verabschieden."

„Dass dich das freut, glaube ich dir, aber was

weißt du schon von Ehre?" dachte Keller, und machte gute Miene zum bösen Spiel.

„Wir haben ein einen Umtrunk und ein kleines Buffet vorbereitet", plapperte Schuster munter weiter, „aber wo ist denn Ihr Assistent?"

„Der kommt nach."

„Ach so. Wie ich sehe, haben Sie ja noch Arbeit mitgebracht. Legen Sie die Sachen weg, heute ist Ihr Ehrentag."

Keller zog seine Hefter schnell zurück, als Schuster danach greifen wollte.

„Das brauche ich noch. Ich habe nämlich auch eine Überraschung zur Feier des Tages mitgebracht."

Schuster stutzte einen Moment, und man merkte ihm an, dass Kellers Bemerkung ihm nicht geheuer war. Doch setzte er gleich wieder sein Lächeln auf und eröffnete das Buffet. Nach ein paar Minuten hatte das Ganze einen zwanglosen Charakter bekommen, und die Kollegen standen kauend und trinkend in kleinen Gruppen zusammen. Von Keller nahm niemand mehr Notiz, bis er sich ein Glas Sekt nahm, mit seinem Feuerzeug dagegen klopfte und um Gehör bat. Erstaunte Gesichter wandten sich ihm zu.

„Verehrter Herr Kriminalrat, liebe Kolleginnen und Kollegen", begann Keller seinen lange vorbereiteten Vortrag, „wie ich eingangs schon erwähnte, habe ich auch eine kleine Überraschung mitgebracht.

Eine kleine, aber wahre Geschichte, für die ich nun um Ihr Gehör bitte."

Schuster und die versammelten Kollegen sahen sich verdutzt an. Wahrscheinlich dachten sie, dass er jetzt völlig durchgedreht sei, aber Keller fuhr unbeirrt fort.

„Am Freitag vor Fasching wurde an der Wörthspitze in Nied eine junge Frau auf brutale Weise ermordet. Da Hauptkommissar Liebeneiner verhindert war, mussten mein Assistent Petersen und ich mit den Ermittlungen beginnen."

Schusters Gesichtsfarbe nahm eine ungesunde Farbe an, und Keller hoffte, dass er keinen Schlag bekommen würde, bevor er mit seinen Ausführungen am Ende war. Danach war es ihm egal.

„Unsere Ermittlungen ergaben, dass die junge Frau, die ein enorm teures, venezianisches Kostüm mit Maske trug, auf dem Weg zu einer Faschingsfeier war. Genauer zu einer Feier, die der Bankier Werner von Rosenheim auf einem eigens dafür gecharterten Schiff veranstaltete, und zu deren Gästen auch unser verehrter Hauptkommissar Liebeneiner gehörte."

„Hören Sie auf, Keller! Was soll das?" polterte Schuster los, und ein vorsichtiges Grinsen zeigte sich auf einigen Gesichtern.

„Ich weiß nicht, was Sie damit bezwecken wollen", meldete sich nun auch Liebeneiner zu Wort.

„Das sagte ich doch eingangs. Ich möchte Ihnen eine wahre Geschichte erzählen."

„Die Geschichte kennen wir alle, und der Fall ist abgeschlossen", unterbrach ihn Schuster erneut.

„Dann können Sie mir auch in Ruhe zuhören. Morgen sind Sie mich ja los."

„Wenn es denn sein muss, langweilen Sie uns halt weiter mit Ihrem Märchen."

Keller deutete eine kleine Verbeugung an.

„Vielen Dank! Die Untersuchung durch den Arzt vor Ort ergab, dass man dem Opfer mit einer scharfen Langwaffe den Hals durchgeschnitten hatte. Eine Frau aus der näheren Umgebung, die mit ihrem Hund unterwegs war, fand die Tote. Die Frau gab folgendes zu Protokoll."

Keller entnahm einem grauen Hefter ein Blatt, faltete es auseinander und befestigte es mit Magneten an der Projektionstafel. Das Blatt zeigte eine Skizze des Tatorts und der näheren Umgebung.

„Sie verließ um dreiundzwanzig Uhr und dreißig Minuten ihr Haus in der Sauerstraße. Das ist hier." Keller tippte mit dem Finger auf eine Stelle seiner Skizze.

„Zur gleichen Zeit verließ ein Kunstmaler namens Volkmann das Lokal *Zur Waldlust* – hier. Er wohnt in der Lotzstraße – etwa hier."

„Sie erzählen uns ja wirklich nichts Neues", unterbrach ihn Schuster erneut.

„Kommt noch, gedulden Sie sich einen Moment. Volkmann gab zu Protokoll, dass er, nachdem er das Lokal verlassen hatte, auf der gegenüberliegenden Straßenseite das spätere Mordopfer vorbeilaufen sah, die Straße überquerte und nach Hause ging. Die Frau sagte aus, dass sie an der Einmündung der Sauerstraße in die Oeserstraße mit dem betrunkenen Maler zusammenstieß. Das wurde auch von Volkmann so angegeben. Es gab in dieser Aussage aber eine kleine Unregelmäßigkeit. Wenn er die Straße direkt überquert hätte, wäre er nicht mit der Frau kollidiert, da die Sauerstraße weiter unten liegt. Darauf angesprochen, konnte er sich das nur so erklären, dass er, fasziniert von der Erscheinung, der jungen Frau ein Stück nachgegangen ist und dann umkehrte. Diese kleine Unregelmäßigkeit blieb natürlich dem Kollegen Liebeneiner auch nicht verborgen, der dies zum Anlass nahm, den Maler zum Hauptverdächtigen, oder besser zum einzig Verdächtigen zu machen. Hier machte er aber einen Fehler."

„Was soll der Blödsinn, Keller? Wollen Sie hier auf meine Kosten Ihren Frust abbauen? Ich habe keinen Fehler gemacht."

„Warten Sie es ab, Liebeneiner, ich komme gleich darauf. Die Zeugin sagte weiter aus, dass sie auf Höhe der Nidda Schule die Straße überquerte und hinunter zur Nidda und dann in Richtung der Brücke ging. Auf diesem Weg meinte sie, einen Reiher schreien gehört zu haben. Kurz darauf fand sie die Tote auf der Treppe liegend vor. Das ist hier."

Keller legte eine kleine Kunstpause ein, um die Spannung zu erhöhen und die wachsende Unsicherheit von Schuster und Liebeneiner in sich aufzunehmen.

„So, und nun möchte ich Ihnen erklären, warum ich diesen Maler für unschuldig halte. Wie im Protokoll bereits angeführt, sagte die Zeugin aus, dass sie um dreiundzwanzig Uhr dreißig ihr Haus verlassen hatte. Sie konnte sich deshalb so gut daran erinnern, weil sie auf die Uhr ihres Handys sah. Ich habe das Handy überprüft und festgestellt, dass die Uhr in dieser Nacht um drei Minuten vorging. Sie hat also das Haus um dreiundzwanzig Uhr siebenundzwanzig verlassen.

Bis zur Oeserstraße brauchte sie etwa drei bis vier Minuten, vielleicht auch ein paar Sekunden mehr. Der Wirt der *Waldlust* schloss um dreiundzwanzig Uhr dreißig, nachdem Volkmann gegangen war. Die Uhr im Lokal ging genau, das habe ich auch überprüft. Die Frau traf also mit dem Maler um dreiundzwanzig Uhr einunddreißig maximal zweiunddreißig zusammen. Wie bitte, hätte der Mann in einer Minute von der *Waldlust* zur Wörthspitze laufen, die

Frau mit einer Langwaffe, die er im Lokal mit Sicherheit nicht dabei hatte, ermorden, die Waffe verstecken, und wieder zurück zur Sauerstraße laufen können, zumal er auch noch schwer betrunken war? Außerdem hat die Zeugin zwei Minuten nachdem sie den Maler auf dem Heimweg gesehen hatte, geglaubt einen Reiher schreien zu hören. Dabei hat sie wahrscheinlich den, durch den herrschenden Nebel verzerrten Angstschrei des Opfers gehört, als es seinem Mörder begegnete. Sie werden zugeben, Kollege Liebeneiner, dass Sie da einen Fehler begangen haben."

Der Gesichtsausdruck von Kriminalrat Schuster wirkte versteinert, und Hauptkommissar Liebeneiner sah etwas angezählt aus, was Keller mit großer Genugtuung zur Kenntnis nahm.

„Wie kommen Sie darauf, dass es sich nicht doch um einen Reiher gehandelt hat?" fragte er trotzig.

„Ganz einfach, lieber Kollege, Reiher sind auch Zugvögel, sogenannte Teilzieher. Denen ist es bei uns im Winter zu ungemütlich, vor allem in diesem Winter. Das hat mir eine Ornithologin verraten."

Die anderen Anwesenden sahen sich betroffen an.

Kellers Handy klingelte.

„Ja? Wunderbar! Ich danke Ihnen."

Keller legte, sichtlich zufrieden, sein Telefon betont langsam auf den Tisch und kostete diesen Moment aus, in dem ihn alle fragend ansahen.

„Entschuldigen Sie bitte die Unterbrechung. Fahren wir fort. Es gab noch etwas, das mir keine Ruhe ließ. In der Tatnacht hatte die Spurensicherung das Gebiet gründlich und großräumig untersucht; alles dokumentiert und fotografiert. Einen Tag später fand die von Liebeneiner zusammengestellte Soko Nied in einem Gebüsch, etwa fünfundzwanzig Meter vom Tatort entfernt, ein Tuch mit Blutspuren des Opfers. Der Herr Hauptkommissar behauptete nun, wir hätten das in der Nacht übersehen."

Keller entnahm einem blauen Hefter zwei großformatige Fotos und hängte sie ebenfalls an die Tafel.

„Wie Sie alle sehen können, sind beide Fotos fast identisch. Dieses hier ist die Aufnahme aus der Tatnacht, und Sie sehen – nichts. Dieses hier stammt von der Soko und wurde einen Tag später, genauer gesagt, am frühen Abend, gemacht. Darauf ist direkt im Vordergrund ein weißes Tuch zu sehen. Das Tuch, welches zur Verhaftung des Kunstmalers führte, obwohl man erst bei seiner Verhaftung ein ähnliches Tuch in seinem Atelier fand. Es ist doch ganz offensichtlich, dass der Täter oder die Täterin gezielt eine Spur gelegt hat."

Keller war jetzt richtig in Fahrt und bereitete sich innerlich schon auf das große Finale vor. Obwohl es eigentlich nicht seiner Art entsprach, genoss er es Stich für Stich gegen seine Vorgesetzten zu setzen, die ihn jahrelang gedemütigt hatten.

„Wie sagten Sie neulich zu mir, Herr Kriminalrat, die Beweise gegen Volkmann sind wasserdicht – sie sind gerade abgesoffen."

Kellers Stimme war lauter geworden und der letzte Satz hallte noch eine Weile nach.

Ein Raunen ging durch die Reihen und Schuster und Liebeneiner wurden immer unruhiger. So bloßgestellt zu werden ist nicht nur peinlich, es schadet auch der Karriere.

Kellers Handy klingelte erneut.

„Ja? Sehr gut, Petersen! Dann komm gleich hierher und bring alles mit."

Der Anruf setzte weitere Glücksgefühle in ihm frei. Jetzt hatte er alles, was er brauchte.

„War es das jetzt, Keller? Haben Sie Ihre Genugtuung? Ich werde die Freilassung Volkmanns beantragen, und Sie Liebeneiner, fangen von vorne an."

„Nicht so hastig. Bevor Sie nochmal einen Fehler machen, sollten Sie meine Geschichte bis zum Schluss hören. Wir haben ja jetzt nur festgestellt, dass der Maler unschuldig ist. Wir haben aber weder ein Motiv, noch einen Täter, und auch keine Tatwaffe.

Die Geschichte des Motivs reicht in die Vergangenheit zurück; genauer gesagt, in die letzten Kriegsjahre. Im April 1944 wurde ein jüdisches Ehepaar aus Nied von einem Nachbarn denunziert und daraufhin in das KZ Theresienstadt deportiert, wo sie den Tod fanden. Der Ehemann hieß Joseph Spiegel, war Professor für bildende Kunst, und darüber hinaus ein bekannter Kunstsammler. Seine Sammlung, die heute einen Wert von vielen Millionen Euro hätte, galt seither als verschollen. Der Denunziant hatte, vor seiner zweifelhaften Karriere als SA-Truppführer, eine Galerie hier in Frankfurt, die er nach dem Krieg mit seiner Tochter weiter führte. Diese Tochter heiratete in den frühen fünfziger Jahren einen Bankier namens Johann von Rosenheim. So, und ab jetzt wird es interessant.

Das Ehepaar Spiegel hatte eine Tochter, Elisabeth, die den Krieg bei Verwandten in Zürich überlebte. 1952 heiratete sie den deutschen Emigranten Gustav Jahn. Zwei Jahre später kam ihre Tochter Gerlinde zur Welt, doch kurz darauf verunglückte Gustav Jahn tödlich. Elisabeth zog es mit ihrer Tochter zurück in ihre Heimatstadt Frankfurt. Dort musste sie dann feststellen, dass von dem Familienbesitz nichts mehr existierte, und auch ihr Elternhaus mittlerweile einen anderen Besitzer gefunden hatte. Mittellos, wie sie war, konnte sie sich eine Klage nicht leisten, und nahm eine Stelle als Haushälterin bei dem Bankier Johann von Rosenheim an. So ein Zufall, nicht wahr?"

„Ersparen Sie uns die alten Geschichten, Keller.

Das interessiert hier niemanden", versuchte es Schuster erneut, doch ein Blick in die Runde der Kollegen ließ ihn verstummen. Alles starrte gebannt auf Keller, und wartete auf die Fortsetzung. Die Stimmung hatte sich gedreht.

„Wenn Sie das Ende der Geschichte erfahren wollen, müssen Sie schon zuhören.

1959 überbrachte Johann von Rosenheim ein wertvolles Gemälde von Gustav Klimt dem Österreichischen Museum Belvedere – angeblich im Auftrag eines unbekannten Stifters."

Keller nahm ein weiteres Foto aus dem blauen Hefter.

„Es handelte sich um dieses Bild hier, und dieses Bild stammte aus der Sammlung Spiegel. Das habe ich mir von der Leiterin des Belvedere bestätigen lassen, die eine große Klimt Kennerin ist. Sie bestätigte mir auch, dass Spiegel zwei Gemälde von Klimt besaß."

Er nahm noch ein Foto aus der Mappe und hängte es an die Tafel.

„Dieses Bild hier. Und dieses Gemälde galt bis heute als verschollen."

„Was heißt, es galt als verschollen?" fragte Schuster, „Ist es wieder aufgetaucht?"

„Dazu komme ich gleich. Kurz nachdem der Bankier das Bild in Wien abgeliefert, oder besser, über geben hat, entdeckte Elisabeth Jahn das andere Gemälde hier im Hause ihre Arbeitgebers. Sie konnte sich noch vage daran erinnern, es früher in ihrem Elternhaus gesehen zu haben. Das geht aus handschriftlichen Notizen hervor, die ich in der Wohnung der Toten fand. Diese Notizen stammen von Elisabeths Tochter Gerlinde. Elisabeth muss ihrer Tochter irgendwann die tragische Geschichte ihrer Familie erzählt haben."

„Einen Moment, Keller. Wollen Sie damit sagen, Sie hätten eine illegale Wohnungsdurchsuchung vorgenommen? Sie wissen doch, dass solche Beweise vor Gericht nicht anerkannt werden."

„Ja ..."

„Sie geben es also zu?" Schusters Stimme gewann wieder an Schärfe.

„Nein ..."

„Was denn nun? Ja oder nein?"

„Ja, ich weiß das solche Beweise nicht anerkannt werden, jedenfalls meistens nicht, und nein, die Durchsuchung war nicht illegal, denn sie war von Oberstaatsanwalt Schober genehmigt."

„Wieso haben Sie das nicht gefunden, Liebeneiner?"

„Da war nichts in dieser Wohnung, Herr Kriminalrat."

„Vielleicht waren Sie ja auch nicht dort?" hakte

Keller nach.

„Was erlauben Sie ..."

„Gemach, gemach, lieber Kollege, hätte ja sein können. Ich habe zumindest, auch bei meinem zweiten Besuch in dieser Wohnung, keine polizeilichen Siegel gesehen. Fahren wir also fort. Dabei habe ich eine Frage vermisst; nämlich die, wie die Notizen in den Besitz unseres Opfers gelangt sind. Nun, ich will es Ihnen erklären.

1978 übergab Johann von Rosenheim die Geschäftsleitung der Bank an seinen Sohn Werner und zog sich mit seiner Frau in seine Villa in Königstein zurück. Elisabeth nahmen sie mit. Tochter Gerlinde übernahm die Stelle im Haushalt des Juniors. Zwei Jahre später brachte Marianne von Rosenheim ihre Tochter Dorothea zur Welt; die zukünftige Frau des Kollegen Liebeneiner."

Einige der Anwesenden fingen an zu lachen und Liebeneiner fing an zu schwitzen.

„Im gleichen Jahr und im gleichen Krankenhaus kam aber auch Gerlinde Jahns Tochter zur Welt. Patrizia, die uneheliche Tochter von Werner von Rosenheim."

„Das ist eine ungeheuerliche Unterstellung!" tobte Hauptkommissar Liebeneiner, „Unsere Anwälte werden Sie zerreißen."

„Mit solchen Drohungen sollte man vorsichtig

sein. Dieser Tatbestand geht eindeutig aus den Notizen von Gerlinde Jahn hervor, die man auch als Lebensbeichte an die Tochter interpretieren kann."

Keller entnahm einige Blätter aus einem roten Hefter und hielt sie in die Luft.

„Hier sind die Kopien dieser Notizen. Und noch etwas Anderes geht daraus hervor. Vor beinahe achteinhalb Jahren wollte Gerlinde mit Werner von Rosenheim über die Kunstwerke sprechen, die der Schwiegervater seines Vaters den Spiegels gestohlen hatte. Kurz darauf fand man sie ertrunken am Griesheimer Ufer. Die Polizei ging damals von einem Selbstmord aus, aber ihre Tochter glaubte nie daran, und ich tue es, offen gesagt, auch nicht. Ob es nun Mord, oder Totschlag im Affekt war, können wir heute leider nicht mehr beweisen. Was bleibt, ist der dunkle Fleck auf der Weste des Bankiers."

„Sie verdammtes Schwein!" polterte Liebeneiner los, „Macht es Ihnen Spaß, eine der angesehensten Familien dieser Stadt in den Schmutz zu ziehen? Und nur wegen dieser J..."

Hier brach er ab, so als hätte er sich im letzten Moment besonnen.

„Ja?" bohrte Keller nach.

„Ich höre mir das nicht länger an."

„Sie müssten als Jurist doch wissen, dass vor dem Gesetz alle gleich sind, oder es zumindest sein sollten. Außerdem sollten Sie besser hier bleiben, sonst verpassen Sie ja den Schluss."

„Sie bleiben!" brummte Schuster, und Liebeneiner gehorchte widerstrebend.

Keller fuhr ungerührt fort.

„Nach dem Tod ihrer Mutter, brach Patrizia Jahn ihr Studium in Frankfurt ab und ging nach Wien, um dort ein Kunststudium zu beginnen. Finanziert wurde das alles von Werner von Rosenheim, ihrem Vater. Das wiederum wusste zwar Patrizia damals schon, aber ihr Vater wusste nicht, dass sie es wusste. Während des Studiums recherchierte sie ihre jüngere Familiengeschichte und damit natürlich auch, was es mit den Gemälden auf sich hatte, von denen ihre Großmutter und ihre Mutter berichtet hatten. Ihre Dissertation schrieb sie ebenfalls über die Werke Gustav Klimts. Als sie alle Informationen zusammen hatte, schmiedete sie einen Plan, um sich an ihrem Vater und seiner Familie zu rächen. Dazu zog sie zurück nach Frankfurt und nahm eine Stelle als Restaurateurin im Städel an. Irgendwann nahm sie dann Kontakt auf, und das Schicksal seinen Lauf.

Zwei Wochen vor Fastnacht erhielt sie eine Einladung zu einem Kostümball, den ihr Vater auf einem eigens dafür gecharterten Schiff veranstaltete."

„Das ist doch Blödsinn, Keller", meldete sich Liebeneiner, „sie stand doch gar nicht auf der Gästeliste, oder?"

„Das ist richtig, aber die Einladung erhielt sie trotzdem. Ich habe sie in ihrer Wohnung gefunden; eine Karte mit eingeprägten Familien-Wappen. Laut dieser Einladung wollte man sich mit ihr einigen, und als Überraschungsgast, sollte sie um kurz vor Mitternacht und maskiert auf dem Schiff erscheinen. Man hatte sie in eine Falle gelockt.

Als sie sich der Wörthspitze näherte, wurde sie von unserem Kunstmaler Volkmann gesehen. Der war von dieser Erscheinung so angetan, dass er versuchte ihr zu folgen. Nach ein paar Schritten aber, hatte sie der Nebel verschluckt, und er drehte um und ging nach Hause um diese Gestalt zu malen. Dass er nicht der Mörder war, habe ich ja schon ausgeführt.

Auf der Treppe tauchte plötzlich eine Gestalt auf, und hieb ihr mit einem französischen Rapier die Kehle durch. Eine Gestalt, die wusste, wann die junge Frau dort auftauchen würde, und die dort auf sie wartete."

Keller zog ein weiteres Foto aus seiner blauen Mappe und hielt es triumphierend hoch.

„Und dies, liebe Kollegen ist die Tatwaffe, zumindest sieht sie genauso aus."

„Und wissen Sie auch, wer diese Gestalt war?" fragten einige der Anwesenden unisono.

Nun bereitete Keller das Finale Furioso vor. Ein Finale, auf das er sehnsüchtig gewartet und akribisch hingearbeitet hatte. In Gedanken hörte er das Molto Allegro aus Mozarts Jupiter Symphonie. So wie sich das Orchester dort langsam in die Höhe schraubt und das große Finale einleitet, so würde er jetzt den Schlussakkord setzen.

„Aber natürlich! Der Täter befindet sich sogar in diesem Raum!"

Ein Raunen ging durch die Menge, und die Kollegen sahen sich gegenseitig verwundert an, während Keller diesen Moment auskostete und zum finalen Schlag ausholte. Er streckte den Arm aus und wies auf den hinteren Teil des Raums.

„Er steht direkt neben Ihnen, Herr Kriminalrat. Hauptkommissar Liebeneiner ist der Mörder von Patrizia Jahn."

Schuster schnappte nach Luft, wie ein Karpfen auf dem Trockenen. Liebeneiner war rot angelaufen und ihm stand der Schweiß auf der Stirn. Unsicher blickte er um sich und versuchte verzweifelt seine Fassung wieder zu erlangen.

„Das können Sie niemals beweisen."

„Oh, doch, mein Lieber, das kann ich sehr wohl. Als ich Ihnen die Ermittlungsergebnisse bringen musste, erzählten Sie mir, dass Sie auf diesem Kostümball als Aramis verkleidet waren. Zu dem Kos-

tüm eines Musketiers passt natürlich ein Rapier Degen wunderbar. Den haben Sie sich bei Ihrem zukünftigen Schwiegervater ausgeliehen. Das, was Sie
hier auf dem Foto sehen, ist das Gegenstück dazu
und hängt im Haus der Rosenheims."

„Wie kommen Sie denn in das Haus? Mein
Schwiegervater hätte mich doch darüber informiert."

„Ich hatte einen Durchsuchungsbescheid, und wir
waren vorgestern dort, als die Haushälterin ihren
letzten Arbeitstag hatte. Sie hat es dann wohl niemandem mehr mitteilen können. So ein Pech! Aber
es gibt noch mehr Beweise, weil Sie noch mehr Fehler
gemacht haben. Mich hatte von Anfang an gewun-
dert, wieso sie so schnell auf den Maler gekommen
sind. Die Sache mit der Urzeit hatte Sie überhaupt
nicht interessiert. Sie haben schon in der Nacht, in
der Sie die junge Frau ermordet haben, unsere Ermittlungen genau beobachtet. Da ich zweimal bei
ihm im Atelier war, passte der Maler prima in Ihren
Plan. Sie brauchten nur noch eine weitere Spur zu
ihm zu legen. Als er am Samstagvormittag kurz nach
mir das Haus verließ, gingen Sie in sein Atelier und
nahmen ein Stück Tuch mit. An diesem Tuch wisch-
ten Sie die schon fast eingetrockneten Blutreste des
Degens ab und legten es ins Gebüsch, unweit des
Tatortes. Dann schickten Sie ihre Soko los, nur mit
dem Zweck, das Tuch zu finden. Das war schon wie

der ein Fehler. Sie glauben doch nicht im Ernst, dass gestandene Kollegen sich den Vorwurf gefallen lassen, schlampig gearbeitet zu haben. Sie haben sich ja nicht einmal die Tatortfotos angesehen, sonst hätten Sie das Tuch nicht an einer Stelle versteckt, die genauso schon ohne Tuch fotografiert wurde."

„Woher wollen Sie denn wissen, dass ich das war? Das ist doch nur ein Rachefeldzug von Ihnen, weil ich es schon weiter gebracht habe als Sie."

Liebeneiners Stimme überschlug sich fast. Von der ehemals arroganten Selbstsicherheit war nicht mehr viel übrig und Keller ahnte, dass dieser Mann bald zusammenbrechen würde.

„Da wäre ich mir an Ihrer Stelle nicht so sicher. Sie haben nämlich noch einen Fehler begangen. Als Sie Volkmann verhafteten, fuhren Sie mit Ihrem schwarzen Porsche vor, dem Sie ein Blaulicht aufs Dach gesetzt hatten. Ein Dienstwagen war wohl nicht gut genug."

„Erstens ist das meine Sache, und geht Sie zweitens nichts an."

„In diesem Fall schon, denn es gibt eine Zeugin, die Sie schon am Mittag mit Ihrem Porsche dort gesehen hat. Sie hat auch gesehen, wie Sie ins Haus gingen und kurz darauf mit einem weißen Tuch in der Hand wieder heraus kamen. Kurz bevor Volkmann wieder nach Hause kam."

„Es gibt sicher noch mehr schwarze Porsche. Woher will die Frau denn wissen, dass es meiner war? Vielleicht war es ja auch ein anderer Sportwagen?"

„Die Frau hatte zu dieser Zeit Besuch von ihrem Enkel, und der ist ein Autofreak. Außerdem, das Kennzeichen F-PL 1 gehört doch Ihnen, oder?"

Keller merkte, dass Liebeneiner langsam hektisch wurde, und nach einem Ausweg suchte. Der Vergleich mit einem gehetzten Tier drängte sich auf. Er musste sich jetzt beeilen.

„Kommen wir zu den letzten beiden Beweisen. Auf der Einladungskarte, die Sie der armen Patrizia Jahn geschickt hatten, waren massenhaft Fingerabdrücke – viele davon stammen von Ihnen. Das Bild, um das es hier ging, haben wir heute Vormittag bei einer weiteren Durchsuchung im Haus der Rosenheims in Königstein gefunden. Und nun zur Tatwaffe und Ihrem letzten Fehler."

Keller nahm sein Handy vom Tisch und wählte eine Nummer.

„Du kannst jetzt rein kommen."

Die Türe ging auf, Petersen kam herein und legte einen großen Plastiksack auf den Tisch.

„So, hier haben wir die Tatwaffe. Die Klinge wurde zwar oberflächlich abgewischt, aber mit etwas Luminol unter UV-Licht waren noch Blutspuren zu erkennen. Sie hätten Sie einfach nicht unter ihrem

Bett verstecken sollen."

„Du Schwein!" schrie Liebeneiner auf und rannte los. Petersen war schneller und versperrte ihm den Weg.

„Peter Liebeneiner, ich verhafte Sie wegen Mordes an Patrizia Jahn. Ihre Rechte kennen Sie ja."

Zwei uniformierte Beamte, die im Flur gewartet hatten, legten ihm Handschellen an. Liebeneiners Züge hatten einen irren Ausdruck angenommen. Als die Beamten ihn abführen wollten, fing er an zu lachen.

„Was versteht ihr schon, ihr armseligen, kleinen Würstchen. Nichts versteht ihr! Nichts! Ich konnte doch nicht mit ansehen, wie diese kleine Hure den Namen dieser bedeutenden Familie in den Dreck zieht. Ich konnte auch nicht zulassen, dass dieses Meisterwerk wieder den Juden in die Hände fällt. Versteht ihr denn nicht?"

„Raus!" brüllte Keller, „Ich will dieses Stück Scheiße nicht mehr sehen!"

„Versteht ihr denn nicht …", hörten sie ihn noch auf dem Gang rufen.

„Gut gemacht, Petersen!"

***

Die anwesenden Kollegen blickten noch immer fassungslos zur Türe, durch die soeben der hoch geschätzte Hauptkommissar abgeführt wurde. Kriminalrat Schuster stand noch wie versteinert an der gleichen Stelle, an der er die ganze Zeit gestanden hatte – offenbar unfähig zu einer Reaktion.

„Jetzt haben Sie die ganze Feier zerstört, Chef", feixte Petersen.

„Komm, mein Junge, wenn die alle hier keinen Hunger mehr haben, lass uns wenigstens etwas essen. Ich fühle mich jetzt irgendwie befreit. Wäre ja schade um das schöne Buffet, zumal Schuster es bezahlt hat."

Während sich Keller und Petersen mit Frikadellen Brötchen und Bier stärkten, leerte sich langsam der Besprechungsraum. Auch Schuster hatte seine Schockstarre überwunden, und bahnte sich wortlos seinen Weg nach draußen.

„Und wie geht es jetzt weiter?" fragte Petersen und biss herzhaft in ein Brötchen.

„Tja, für mich war´s das jetzt, und du wirst nach diesem Auftritt mit Sicherheit nicht mehr zum Raub abgeschoben. Ich könnte mir sogar vorstellen, dass die Tage unseres hoch verehrten Herrn Kriminalrats gezählt sind."

„Das könnte ich mir auch vorstellen", hörten sie eine Stimme von der Türe her sagen, „saubere Arbeit Herr Keller, gratuliere. Sie sind ein verdammt gutes Team."

„Ach, der Herr Oberstaatsanwalt. Es wäre nett,

wenn Sie etwas für meinen Kollegen Petersen tun könnten. Sie wollen ihn zum Raub versetzen."

„Ich denke, das hat sich erledigt. Aber was ist mit Ihnen? Wollen Sie nicht noch ein paar Jahre dranhängen? Es wäre doch schade um dieses Team."

„Ja, Chef, überlegen Sie es sich doch noch einmal."

„Wissen Sie, ich habe gerade angefangen, mich mit meinem Ruhestand anzufreunden ... ich kann ja nochmal darüber nachdenken", ergänzte er schnell, als er Petersens Blick wahrnahm.

22

Drei Wochen später

Kommissar Keller saß mit ein paar Freunden und seinem Assistenten Petersen im *l´Angolo*, seinem Lieblingsitaliener, bei einem guten italienischen Essen und ein paar Flaschen Wein.

„Salute", Max Kolbe erhob sein Glas, „Keller, wir

danken dir, dass du uns von dem Tyrannen Schuster erlöst hast."

„Wie? Hat man ihn rausgeschmissen?"

„Das leider nicht, aber er wird zum Kriminaloberrad befördert und, wie ich hörte, als Inspektionsleiter nach Zwickau versetzt."

„Das haben die Sachsen nun auch nicht verdient", meinte Keller und alle mussten herzlich lachen.

„Und, Keller, machst du nun weiter?"

„Ehrlich gesagt, weiß ich es noch nicht. Zu viel ist in den vergangenen Jahren passiert; zu viel musste ich einstecken. Da verliert man schon die Lust. Nicht nur am Beruf, sondern an diesem ganzen Gebilde. Du reißt dir Jahrzehnte lang den Arsch auf und dann kommt so ein Ahnungsloser wie Schuster, wird Dezernatsleiter und setzt dir eine Null wie Liebeneiner vor die Nase. Oder wie sie mit unserem Freund Petersen hier umgegangen sind. Der Junge ist richtig gut, ist aber immer noch Kriminalobermeister, obwohl er eigentlich mindestens schon Hauptmeister sein sollte."

„Da hat sich etwas getan, Chef", meldete sich Petersen zu Wort, „ich habe ein Schreiben bekommen, in dem man mir mitteilt, dass ich demnächst mit einer Beförderung rechnen darf, da eine Prüfung ergeben hat, dass ich mehrfach übergangen wurde. Eventuell werde ich ja direkt zum Kommissar befördert."

flunkerte er.

„Das ist nur gerecht, mein Junge. Ich habe auch so einen Wisch bekommen. Falls ich mich entschließen sollte, weiter zu machen, will man mich zum Hauptkommissar hochstufen, was schon seit fünfzehn Jahren überfällig ist. Lohnt sich also doch, wenn man einen Oberstaatsanwalt kennt."

„Dieser Fall wird ja auch seiner Karriere zuträglich sein", warf Kolbe ein.

„Hat man denn jetzt etwas über den Hintergrund des Mordes in Erfahrung bringen können?"

„Als Liebeneiner dem Haftrichter vorgeführt wurde, kam er in Begleitung von gleich drei Staranwälten, die ihn gegen Kaution auf freiem Fuß haben wollten, was der Richter aber wegen der bestehenden Verdunkelungsgefahr abgelehnt hat. Dann forderten sie Haftverschonung und Unterbringung in einer Klinik. Als Begründung zauberten sie plötzlich ein psychiatrisches Gutachten aus dem Hut, was in der Kürze der Zeit gar nicht hätte erstellt werden können. Der Antrag wurde auch abgelehnt. Kurz darauf gab es einen Befangenheitsantrag gegen den Richter mit der Begründung, da seine Großeltern in Auschwitz waren, könne er nicht objektiv in einem Fall sein, bei dem das Opfer einen jüdischen Hintergrund habe. Darüber wird noch entschieden.

Mittlerweile hat die Staatsanwaltschaft ermittelt,

dass Liebeneiner, wie auch schon sein Vater, zum Kreis der *Gesellschaft für freie Publikation* gehört, die ja, wie bekannt ist, dem äußersten rechten Spektrum zugerechnet, und vom Verfassungsschutz beobachtet wird."

„Ah, daher auch sein Ausspruch bei seiner Verhaftung. Ich kann nicht verstehen, dass es noch immer Leute mit solch einer Gesinnung gibt."

„Tja, Petersen, solche Hohlköpfe gab es immer, und wird es wahrscheinlich immer geben. Wie dem auch sei, lasst uns über erfreulichere Dinge reden.

Der Klimt, den wir bei der Hausdurchsuchung in Königstein gefunden hatten, wurde von dem alten Rosenheim, reumütig an das Jüdische Museum übergeben, da keine rechtmäßigen Erben mehr zu ermitteln waren. Wahrscheinlich auch ein Versuch, aus den negativen Schlagzeilen zu kommen. Wie ich von meinem Wiener Kollegen hörte, verhandelt das Jüdische Museum gerade mit dem Belvedere in Wien, um das Bild in seine Heimat zurück zu führen. Dann wären die beiden Bilder aus der Spiegel Sammlung wieder vereint. Die Bilder, derentwegen Patrizia Jahn und ihre Mutter sterben mussten."

„Salute!"

Epilog

Am 27. April 2009 erschien im Lokalteil des Höchster Kreisblatts in der Rubrik „Vor 70 Jahren" folgender Artikel:

Nied. „Wir kapitulieren nicht!" Mit diesen Worten des Führers eröffnete in Nied Ortsgruppenleiter Pg. Schmidt nach dem Fahneneinmarsch die außerordentlich gut besuchte Kundgebung in der Waldlust. Der Redner Pg. Eisentrauth zeigte in seinen etwa einstündigen Darlegungen, wie der Führer in unentwegtem Glauben an das deutsche Volk und unbeugsamem Kampfgeist Großdeutschland geschaffen, es wehrhaft und frei gemacht und geeint hat. In volkstümlicher sarkastischer Weise behandelte der Führer dabei die Judenfrage, die Auslandspolitiker und die Meckerer und Spießer aller Gruppen und Konfessionen. Er schloss mit der Aufforderung, jeder möge an seinem Platze durch unentwegte Pflichterfüllung und Einsatzbereitschaft dem Führer danken und an dessen großem Werk mitarbeiten. Stürmischer Beifall wurde dem Redner sowohl während seiner Ausführungen und erst recht zum Schluss zuteil.

Im Jahre 2010 wurden in der Oesertstraße, ganz in der Nähe des fiktiven Spiegel- Anwesens, sogenannte *Stolpersteine* (Messingtafeln mit den Namen ehemals dort ansässiger und vom Nazi-Regime deportierten und ermordeten jüdischen Familien) in den Gehweg eingelassen.

Die erwähnte Gesellschaft für freie Publikation heißt in Wirklichkeit Gesellschaft für freie Publizistik e. V. GfP und ist die mit etwa 500 Mitgliedern größte rechtsextremistische Kulturvereinigung. Sie hat unter Leitung von Andreas Molau, dem stellvertretenden Chefredakteur der NPD-Zeitung „Deutsche Stimme" und zeitweiligen Berater der NPD-Fraktion im Sächsischen Landtag, ihren im Jahr 2005 eingeschlagenen Kurs der Annäherung an die NPD beibehalten. Molau war bis Mai 2010 Leiter dieser Gesellschaft.

Quellen:
Verfassungsschutzbericht 2006, S. 142

Zum Schluss noch der Hinweis, dass die Namen der handelnden Personen frei erfunden sind.

Ähnlichkeiten mit lebenden oder verstorbenen Personen wären rein Zufällig.

Zeitfracht Medien GmbH
Ferdinand-Jühlke-Straße 7
99095 Erfurt, Deutschland
produktsicherheit@kolibri360.de